U0889664

寻找桃花源
中国重要农业文化遗产地之旅丛书

普洱寻茶

苑利◎主编
曹茂　曹力◎著

北京出版集团公司
北京美术摄影出版社

图书在版编目（CIP）数据

普洱寻茶 / 曹茂，曹力著. — 北京 ：北京美术摄影出版社，2021.6
（寻找桃花源 ：中国重要农业文化遗产地之旅丛书 / 苑利主编）
ISBN 978-7-5592-0417-2

Ⅰ. ①普… Ⅱ. ①曹… ②曹… Ⅲ. ①故事—作品集—中国—当代 Ⅳ. ①I247.81

中国版本图书馆CIP数据核字(2021)第012459号

总 策 划：李清霞
责任编辑：董维东
执行编辑：刘慧玲
责任印制：彭军芳

寻找桃花源 中国重要农业文化遗产地之旅丛书

普洱寻茶

PU'ER XUN CHA

苑 利 主编

曹 茂 曹 力 著

出 版 北京出版集团公司
北京美术摄影出版社
地 址 北京北三环中路6号
邮 编 100120
网 址 www.bph.com.cn
总发行 北京出版集团公司
发 行 京版北美（北京）文化艺术传媒有限公司
经 销 新华书店
印 刷 天津联城印刷有限公司
版印次 2021年6月第1版第1次印刷
开 本 787毫米×1092毫米 1/16
印 张 15
字 数 218千字
书 号 ISBN 978-7-5592-0417-2
定 价 88.00元

中国农业历史学会推荐丛书

中国重要农业文化遗产专家委员会推荐丛书

全球重要农业文化遗产专家委员会推荐丛书

目 录
CONTENTS

主编寄语

如果有人问我，在浩瀚的书海中，哪部作品对我的影响最大，我的答案一定是《桃花源记》。但真正的桃花源又在哪里？没人说得清。但即使如此，每次下乡，每遇美景，我都会情不自禁地问自己，这里是否就是陶翁笔下的桃花源呢？说实话，桃花源真的与我如影随形了大半生。

说来应该是幸运，自从2005年我开始从事农业文化遗产研究后，深入乡野便成了我生命中的一部分。而各遗产地的美景——无论是红河的梯田、兴化的垛田、普洱的茶山，还是佳县的古枣园，无一不惊艳到我和同人。当然，令我们吃惊的不仅仅是这些地方的美景，也包括这些地方传奇的历史，奇特的风俗，还有那些不可思议的传统农耕智慧与经验。每每这时，我就特别想用笔把它们记录下来，让朋友告诉朋友，让大家告诉大家。

机会来了。2012年，中国著名农学家曹幸穗先生找到我，说即将上任的滕久明理事长，希望我能加入中国农业历史学会这个团队中来，帮助学会做好农业文化遗产的宣传普及工作。而我想到的第一套方案，便是主编一套名唤“寻找桃花源：中国重要农业文化遗产地之旅丛书”的书，把中国的农业文化遗产介绍给更多的人，因为那个时候，了解农业文化遗产的人并不多。我把我的想法告诉了中国重要农业文化遗产保护工作的领路人李文华院士，没想到这件事得到了李院士的积极回应，只是他的助手闵庆文先生还是有些担心——“我正编一套丛书，我们会不会重复啊？”我笑了。我坚信文科生与理科生是生活在两个世界里的“动物”，让我们拿出一样的东西，恐怕比登天还难。

其实，这套丛书我已经构思许久。我想我主编的应该是这样一套书——拿到手，会让人爱不释手；读起来，会让人赏心悦目；掩卷后，会令人回味无穷。那么，怎样才能达到这个效果呢？按我的设计，这套丛书在体例上应该是典型的田野手记体。我要求我的每一位作者，都要以背包客的身份，深入乡间，走进田野，通过他们的所见、所闻、所感，把一个个湮没在岁月之下的历史人物钩沉出来，将一个个生动有趣的乡村生活片段记录下来，将一个个传统农耕生产知识书写下来。同时，为了尽可能地使读者如身临其境，增强代入感，凸显田野手记体的特色，我要求作者们的叙述语言尽可能地接地气，保留当地农民的叙述方式，不避讳俗语和口头语的语言特色。当然，作为行家，我们还会要求作者们通过他们擅长的考证，从一个个看似貌不惊人的历史片段、农耕经验中，将一个个大大的道理挖掘出来。这时你也许会惊呼，那些脸上长满皱纹的农民老伯在田地里的一个什么随便的举动，居然会有那么高深的大道理……

有人也许会说，您说的农业文化遗产不就是面朝黄土背朝天的传统农耕生产方式吗？在机械化已经取代人力的今天，去保护那些落后的农业文化遗产到底意义何在？在这里我想明确地告诉大家，保护农业文化遗产，并不是保护“落后”，而是保护几千年来中国农民所创造并积累下来的各种优秀的农耕文明。挖掘、保护、传承、利用这些农业文化遗产，不仅可以使我们更加深入地了解我们祖先的农耕智慧与农耕经验，同时，还可以利用这些传统的智慧与经验，补现代农业之短，从而确保中国当代农业的可持续发展。这正是中国农业历史学会、中国重要农业文化遗产专家委员会极力推荐，北京出版集团倾情奉献出版这套丛书的真正原因。

苑　利

2018年7月1日 于北京

序　言

2012年8月，“云南普洱古茶园与茶文化系统”被联合国粮农组织授予“全球重要农业文化遗产（GIAHS）保护试点”。2013年5月，“云南普洱古茶园与茶文化系统”荣膺中国首批重要农业文化遗产。2016年初冬，因云南农业大学校中青年社会科学基金项目的需要，我第一次走进了“云南普洱古茶园与茶文化系统”核心区景迈山千年万亩古茶林。此后，在我国著名非遗保护专家苑利教授的推荐下，我参与到北京出版集团的中国重要农业文化遗产地见闻的项目写作中。

普洱市下辖思茅区、宁洱哈尼族彝族自治县、墨江哈尼族自治县、景东彝族自治县、景谷傣族彝族自治县、镇沅彝族哈尼族拉祜族自治县、江城哈尼族彝族自治县、孟连傣族拉祜族佤族自治县、澜沧拉祜族自治县、西盟佤族自治县，市人民政府驻思茅区月光路。全球重要农业文化遗产“云南普洱古茶园与茶文化系统”遗产地涵盖了普洱市下辖的这一区九县，遗产地核心区位于澜沧拉祜族自治县景迈山、宁洱哈尼族彝族自治县困鹿山和镇沅彝族哈尼族拉祜族自治县千家寨。

普洱市是世界茶树的原产地之一，拥有完整的古木兰化石和茶树的垂直演化系统。以普洱市为中心的澜沧江中下游少数民族的悠久种茶、制茶历史孕育了多彩的民族茶道、茶艺、茶俗等内涵丰富的茶文化和饮茶习俗。普洱市作为普洱茶的起源地之一，境内分布着40多处约117.8万亩[1]野生茶树群落，有树龄2700多年的千家寨野生古茶树和古老的人工栽培型千年万亩古茶林，还有约3540万年前的宽叶木兰（新种）化石。这些均是我国乃至世界茶树资源的重要宝库，被誉为“世界茶源”。这些野生茶树群落是证明我国是茶叶原产地的活化石，是茶叶丰富的种质资源库，是普洱重要的自然和历史文化遗产。专家认为：“‘云南普洱古茶园与茶文化系统’包含完整的古木兰和茶树的垂直演化过程，证明了普洱市是世界茶树的起源地之一；从野生型古茶树居群、过渡型和栽培型古茶园到改造后的生态茶园，形成了茶树利用的历史发展体系；具有多样的农业物种栽培，农业生物多样性及相关生物多样性；涵盖了布朗族、傣族、哈尼族等少数民族茶树栽培利用方式与传统文化体系，具有良好的文化多样性与传承性；普洱是茶马古道的起点，也是茶文化传播的中心节点。该系统不但为我国作为茶树原产地、茶树驯化和规模化种植发源地提供了有力证据，而且是未来茶叶产业发展的重要种质资源库，同时还保存了与当地生态环境相适应的丰富的民族茶文化，具有重要的保护价值。”

“云南普洱古茶园与茶文化系统”具有丰富的生物多样性，体现了人与自然的和谐共处、人与环境的协同进化，蕴含着丰富的生态思想；历史悠久的茶叶栽培和生产，促进了当地社会经济的可持续发展，符合全球重要农业文化遗产的基本内涵；无污染、高品质的茶叶保证了食物与生计安全，历史悠久的茶文化与古茶园栽培和管理方式形成了当地特有的社会组织与文化及知识体系，众多世界级的古茶树、古茶园显示出其全球重要性。正是在这个基础上，2012 年 11 月，普洱景迈山古茶林成功入选《中国世界文化遗产预备名单》。2013年，普洱市被国际茶叶委员会确认为“世界茶源”。

茶为国饮，普洱茶以其越陈越香的特质，在历经千百年沧桑变迁之后的新世纪，不仅再次受到市场的追捧，而且成为了全球重要农业文化遗产，获得了世界范围的认可，翻开了新的篇章。

中华茶文化博大精深，茶道、茶艺、茶德、茶书、茶故事和茶精神源远流长。云南古茶园则是中华茶文化的根。我作为云南农业大学马克思主义学院科学技术史硕士生导师和云南地方农业科技史的一个研究者，带着对古茶园历史价值与当代变迁的关注，于2016年冬、2017年暑假与国庆小长假，以及2018年春节与国庆小长假，5次踏上普洱茶古茶园的寻茶之路，走进了墨江哈尼族自治县、宁洱哈尼族彝族自治县、普洱市思茅区、澜沧拉祜族自治县、孟连傣族拉祜族佤族自治县、西盟佤族自治县、江城哈尼族彝族自治县和镇沅彝族哈尼族拉祜族自治县的部分古茶园和生态茶园。在同行的学生、亲人和朋友的陪伴下，我行走在人迹罕至的原始森林中的古茶园，呼吸着世间最清新的空气，满眼都是滋润眼球的生动绿色，最大的心愿就是把云南普洱古茶园这无价的绿色财富分享给全国亲爱的读者朋友们，让我们一起携手守护好正在日渐减少的普洱茶古茶园与古茶树，为子孙后代留下那片永恒的绿色！

曹　茂

注释

[1]　1亩约等于666.67平方米。

普洱县困鹿山古茶园的古茶树

Agricultural
Heritage

普洱市是普洱茶的重要产地之一，也是中国最大的产茶区之一。要了解普洱茶的历史，最便捷的途径就是去普洱市博物馆……

近年来，普洱茶热兴起。商家趋利，大肆宣扬普洱茶保健、减肥功效的同时，也用种类繁多的样式吸引顾客。然而，到底何为普洱茶？普洱茶的起源及其发展变迁，却不为一般茶客所了解。作为云南农业大学的科学技术史硕士生导师，因教学和科研工作的需要，普洱茶史及其制作工艺自然成为我的研究对象。为方便各位亲爱的读者深入了解普洱茶，在此先给朋友们讲一讲云南普洱茶悠久的栽培史。

一、普洱溯源

普洱茶如何起源？为了弄清这一重要问题，在大量研究相关历史文献的同时，我们驱车前往普洱市博物馆，实地感受普洱茶的历史与文化。

普洱市，因普洱茶而闻名。在普洱举办的2013国际茶业大会开幕式上，国际茶叶委员会主席Norman Kelly、国际茶叶委员会原主席Mike Bunston共同将“世界茶源”称号授予云南省普洱市。因世界茶树发展中的 5 个主要阶段实物证据均在普洱市境内，包括距今约3540万年的景谷宽叶木兰（新种）化石、被联合国粮农组织列为“全球重要农业文化遗产保护试点”的千年古茶园等，国际茶叶委员会认定普洱为“世界茶源”。茶成为普洱蜚声国际的名片。

2007年4月8日，思茅市更名为普洱市。普洱市有9个少数民族自治县，居住着汉、哈尼、彝、拉祜、佤、傣等14个世居民族，少数民族人口占总人口的61%。普洱市与越南、老挝、缅甸3国接壤，是中国连接东南亚国家的重要通道。

从昆明出发，全程高速，自驾5个小时就可到达普洱市。普洱市是普洱茶的重要产地之一，也是中国最大的产茶区之一。要了解普洱茶的历史，最便捷的途径就是去普洱市博物馆。普洱市博物馆在市区的西北方向，2011年10月10日正式对外实行免费开放，是一幢现代民族风格的大楼，总建筑面积10000多平方米，其中展厅面积7500平方米，共有5个展厅，拥有藏品11000多件，主要展示普洱市24种民族文化，特别是14种世居少数民族的历史风俗和民族文物。二楼的普洱茶文化专题展览厅（现已改建为普洱茶博物馆），是目前中国最大、最全面的普洱茶文化博物馆。茶文化展厅分为“茶树之源”“用茶之史”“贡茶春秋”“茶叶振兴”“茶萃茶俗”“茶马古道”6个部分，以时空穿梭的新颖形式逐一展现了从认识、利用普洱茶到普洱茶驰名中外的发展历史。

展厅的解说词这样介绍云南普洱文化：普洱茶文化经历了唐朝以前的孕育期、唐朝的成长期、明朝普洱茶品牌的形成期、清朝普洱茶的鼎盛期到民国普洱茶的发展期。其中，陈列在展厅之内的“贡茶”可以称得上是普洱市博物馆的镇馆之宝。“贡茶”又被称为“万寿龙团”，是清光绪二十年（1894年）上贡的一团普洱茶，已经有100多年的历史。2007年4月8日，“贡茶”从北京故宫博物院被请出，历时20天回到普洱市博物馆。陈列在“茶树之源”展厅中的距今约3540万年的景谷宽叶木兰（新种）化石是茶树的始祖化石，这个化石“叶形大，倒卵形，长6.4~11厘米，宽3.4~5厘米，顶端缺失”。茶树是雌雄同株、异花授粉的被子植物，古木兰是被子植物之源，是山茶目、山茶科茶属及茶种的始祖。茶树起源于第三纪宽叶木兰，我国已发现的木兰化石只有两种，宽叶木兰仅见于景谷，中华木兰见于普洱市境内的景谷、景东、澜沧，临沧市及其下辖的沧源县，保山市的腾冲，德宏州的梁河等7县市。中华木兰较宽叶木兰晚。第三纪景谷宽叶木兰（新种）、中华木兰化石的发现及在普洱市镇沅县千家寨发现的距今2700多年的最古老野生古茶树和最大规模的原生野茶树植物自然群落，说明以普洱市为中心的区域是唯一具备茶树原产地要有茶树的原始型生理特征、有古木兰和茶树的垂直

普洱市博物馆从北京故宫博物院“请回”的“贡茶”

演化系统和为第三纪木兰植物群地理分布区系的三要素地区。因此普洱是当之无愧的“世界茶源”。

茶文化展厅还展示有奥运国茶1、2号，茶叶形状是贡茶那样的团茶。2008年，由普洱市人民政府捐赠的“国茶普洱”成为第29届奥运会由奥组委馈赠嘉宾的唯一的食品类礼品。“国茶普洱”1号茶采摘于千年古茶树，“国茶普洱”2号茶采摘于26座百年古茶山。为了保证质量，市茶办派人到茶山亲自收购，启动严格的检验程序使1、2、3号礼品茶的茶叶、包装全部做到零污染，确保了100%质量达标。1、2号“国茶普洱”伴随着外国贵宾、嘉宾走向世界，3号“国茶普洱”随着各国运动员和媒体记者走向五大洲，再创了普洱茶的辉煌。

我们翻阅历史文献可以发现，普洱茶历史非常悠久。三国时的吴普在其所著的《神农本草经》菜类中记载：“苦菜，味苦，寒……一名茶草，一名选……一名游冬。生益州山陵道旁，凌冬不死。三月三采，阴干。”这个益州就是西汉元封二年（前109年）汉武帝开滇建置的益州郡，下辖24县，辖区相当于今云南的大部分，郡治滇池县（今昆明晋宁区），并赐滇王金印，从而把云南纳入中国行政区划。东晋常璩在《华阳国志·巴志》中载：“周武王伐纣，实得巴蜀之师，著乎《尚书》……其地东至鱼复，西至僰道……桑、蚕、麻……茶、蜜……皆纳贡之。”也就是说，早在3000多年前武王伐纣时期，云南种茶先民濮人已经通过巴王献茶给周武王了，只不过那时还没有普洱茶这个名称。贡品，必然珍贵，巴王上贡的茶又是珍品中的极品。《华阳国志·巴志》在这份“贡品清单”后还特别补充注明：“其果实之珍者，树有荔枝，蔓有辛蒟，园有芳蒻香茗。”

古代云南的思普地区包括现在的西双版纳州和普洱市等地，那里居住着百濮、百越、氐羌三大族群。百濮就是布朗族、德昂族和佤族的先民。他们以善种木棉和茶树闻名。从今天众多的田野调查资料来看，当今存世的古茶树就是布朗族先民濮人驯化培育的。

1000多年前，布朗族首领帕哎冷（根据“布朗王子”苏国文的《芒景布朗族与茶》确定的音译名字）和其部族在芒景一带定居。他被当时的傣族领主封为统领管理布朗族的帕（一种官衔，音译为帕），并娶了傣族领主的七公主为妻。有一次，帕哎冷被困山野，身染恶疾。他在饥病交迫之际，随手摘了身边的几把树叶充饥，不料病竟然好了。他向土人打听这是什么树，土人说这是“德责”。帕哎冷就带领族人开始对野生茶树“德责”进行人工培育和移栽，并取名“腊”——家茶的意思。帕哎冷临终前对其子孙和部落民众说：“我给你们留下金银，终有用完之时；留下牛马牲畜，也会遇到瘟疫灾难；留下这茶树给你们，可保布朗族人世代有吃穿。”帕哎冷的临终遗训今天也被挂在了景迈山布朗文化园墙壁上的镜框之中，时刻提醒着今天的布朗人。

帕哎冷去世之后，布朗族人将帕哎冷作为茶祖来祭祀。他们的《祖先歌》中这样唱道：“帕哎冷是我们的英雄，帕哎冷是我们的祖先，是他给我们留下了竹棚和茶树，是他给我们留下了生存的拐棍。”至今，有布朗族定居的地方几乎都有成片的茶树林。布朗族以茶树为始祖，认为茶不仅孕育了人，还孕育了日月星辰，因此布朗族不论迁移何地都要先种茶树，把茶与祖先联系在一起。布朗山寨中心都保留着祭祀茶树、敬奉祖先的祭台，还有种茶之前先明确茶魂树和祭祀茶祖的传统。许多布朗族聚居地至今沿袭着最古老的采制茶叶的方法。

二、普洱发轫

三国时期普洱茶被称为“武侯遗种”。清檀萃《滇海虞衡志》云：“茶山有茶王树，较五山独大，本武侯遗种，至今夷民祀之。”清阮福《普洱茶记》则记：“思茅志稿云：其治革登山有茶王树，较众茶树高大，土人当采茶时，先具酒醴礼祭于此。”武侯就是诸葛亮，相传他在

225年南征，基诺族人深信武侯教他们种植茶树为事实，并世代相传，奉诸葛亮为“茶祖”，每年加以祭拜。至今革登茶山枯死的茶王树树坑还留存于勐腊县象明乡新发寨。当地的老年茶农小时候还见过祭祀茶祖的青砖祭台遗址。根据青砖的使用时间推断，在清末或民国初年，还有祭祀活动。基诺族过去自称为“丢落人”，意思就是被诸葛亮丢落的部族。对云南茶的产地最早有明确记载的是唐代樊绰的《蛮书》：“茶出银生城界诸山，散收，无采造法，蒙舍蛮以椒、姜、桂和烹而饮之。”之后是南宋时期李石《续博物志》卷7中有沿用樊绰所述：“茶出银生诸山。采无时。杂椒姜烹而饮之。”樊绰其实并没有到过云南，因此对于《蛮书》关于茶的记录也需要进行斟酌。

据檀萃《滇海虞衡志》记载：“普洱，古属银生府，则西蕃之用普茶，已自唐时。”也就是说，自唐代始，普洱茶已逐渐成为西藏、新疆等地区的饮品。此时期，为驮运方便，茶商便将收购到的散茶再蒸而紧压为团茶，大者如人头称“人头茶”，小者如牛心，称“牛心茶”。紧团茶千里之遥运往西藏，途中经热湿及至寒冷等各地段，长日驮运中，团茶内茶多酚促氧化自然发酵，茶叶颜色变黑，味有陈香，能对脂肪产生分解作用，渐为藏区喜爱。

宋朝，大理政权将南诏时期所设的“步日睑”改为“步日部”。此时宋国与北方的金国连年征战不止，急需战马，大理政权便在“步日部”开设茶马市场，以当地的茶叶换取西藏马匹，再将马匹转售与宋国，以换取其锦缎与珠宝饰品。贸易使茶叶的种植随之扩大，据《澜沧县志》称：“班崴大茶树为北宋栽种。”

到了元朝，蒙古军队占领了云南，将“步日”改为“普日”，普洱一词的雏形首见于此，从此得以正名写入历史。元朝中期，普洱茶随同以食肉、乳制品为主食的蒙古人进入俄国。元朝把茶马古道定位为正式的驿道，明朝恢复了宋朝的茶马政策，并设置了茶马司，对茶叶实行了专卖制度。明朝万历年间，谢肇淛在他的《滇略》中有记载“士庶所用，皆普茶也，蒸而成团，瀹作草气，差胜饮水耳”，这是“普茶”一词首次见诸文字。明朝，茶马市场在云南更加繁荣，来往穿梭于云南与西藏之间的马帮如织。在茶马古道的沿途上，聚集而形成许多城市。以普洱府为中心点，茶马古道极频繁的东西交通往来进行着庞大的茶马交易。蜂拥的驮马商旅，骡铃声声，马蹄阵阵，驮起民族间文化与经贸交流的通道。

三、辉煌普洱

清朝时普洱茶脱胎换骨，成为枝头凤凰，不但广受海内外人士喜爱，更成为备受宫廷宠爱的贡茶，开启了最光彩而鼎盛的时代。

清雍正七年（1729年）设普洱府后，在府台驻地宁洱设茶局，专办“茶引”（执照）、茶税及督办贡茶厂，选取最好的女儿茶，以制成团茶、散茶和茶膏，进贡朝廷。茶局管理贡茶加工、茶叶生产和运销。每年四月为“花茶市”，交易活动10天。雍正十三年（1735年），普洱茶名震京师，清政府征收茶捐，普洱府当年发出“茶引”（执照）三千引（三千担），秦晋、两广、四川、江西、两湘，以及石屏、腾越、下关、玉溪、通海、思茅等地茶商纷纷在普洱府署宁洱城建立茶庄、商业会馆，对茶叶进行加工、精制、包装、运输。清道光、同治年间，宁洱城的普洱茶经贸商务活动达到高潮，城内城外，众商云集，足有300多家堂馆店铺。据《普洱府志》记载，仅茶庄就有六七十家，较大的商号有协太昌、同心昌、福美祥、元盛号、荣和昌、义盛昌、国金号、广兴隆等20多家，大多经营加工茶叶。

据《思茅县志》记载："清光绪年间，思茅城区加工茶叶比较有名的是同仁利、裕泰丰、信和仁等几家商号，每户有揉茶灶2盘，每盘灶每年加工茶叶少的四五百担，多的高达千余担。加工出品的茶有圆茶、方茶、紧团茶、双喜茶等。"民国年间加工经营茶叶的商号有20多家。后因思茅疟疾流行，茶叶加工和经营日趋衰落。

由于清宫廷形成的"夏饮龙井，冬饮普洱"的饮茶习惯，普洱茶获得了皇家的喜爱和推广，清政府经常将普洱茶作为国礼赠予外国元首和使节。1740年后随着瑞典哥德堡号多次往返，已有使节将普洱茶团带到瑞典等欧洲国家。

1733年，普洱府第一家茶号同兴号茶庄成立，其后雨后春笋般在普洱府境内出现了更多的茶号，甚至有在其他经济更为发达的州府成立的茶庄如雷永丰也搬家到普洱府进行扩大的生产经营。1855年，在香港成立了同兴茶庄，并从此成为普洱茶的主要消费地区和仓储地。下面我给大家介绍两家较有代表性的茶庄，从它们的兴衰轨迹也可看出家国命运与普洱茶文化事业同呼吸共命运的紧密联系。

1.雷永丰号

据普洱茶网《雷永丰号茶庄简介》一文介绍，在清康熙五十五年（1716年），雷永丰在云南石屏开设茶庄，茶庄就以雷永丰自己的名字来命名，采用当地出产的大叶种茶生产散茶与紧压茶。所制茶品因品质出众，名气渐响，乾隆四年（1739年）成为清皇室指定贡品，被要求年贡100担。

光绪二十一年（1895年），普洱茶销量增加，当时由于思茅设立了海关，思茅成为茶叶集散地，茶叶加工和出口销售十分繁荣。于是雷永丰号就在思茅设立了分号，由雷逢春负责经营，同时兼营生产物资贸易。1897年，由于业务过于繁忙，雷逢春就把生产物资贸易转给他的堂叔，自己专营普洱茶。由于茶品质量上好，买者众多，雷永丰号发展十分迅速。同时得益于思茅普洱茶集散地的重要性，思茅的雷永丰号渐渐地超过了石屏总部，1899年雷永丰号将总部迁移到思茅，同时在昆明、北京、广州等地设立了分部。到了1911年，由于茶庄资金足、实力强，茶庄所生产的茶叶从原料配方、制作到包装都非常讲究，成为上层社会的必备之物。雷永丰号成为云南思茅公认的知名茶庄，同时也是云南著名的茶庄，其茶叶不仅内销国内云南、北京、广东、上海、四川等省市，而且远销泰国、法国、英国。至今，在泰国仍然保留有雷永丰号茶庄。雷永丰老圆茶以其“茶色琥珀而透，汤味醇厚而顺，回甘长而芳”之特性，被誉为“普洱茶皇”。

抗日战争爆发后，雷永丰积极支援抗日，一是雷永丰捐赠数百担的上等普洱茶给抗日前线的滇军，龙云组织滇军奔赴抗日前线时，亦要求每名战士都得带上雷永丰普洱茶，以解水土不服与食积痢疾，因此，雷永丰普洱茶被滇军称为“健康武器”；二是在龙云组织开辟滇缅公路，打通抗日的国际援华通道时，雷永丰捐献了1300多担的粮食给修路的同胞。为此，龙云为雷永丰题词“正气通神”！ 雷永丰号普洱茶是百年普洱茶中的号级茶，曾经一度被置于历史的尘埃中。现今，云南雷永丰茶业有限公司在其第十四代传人雷蕾女士的精心管理下，正在以现代茶业企业的新形式推广普洱茶文化，传承着普洱茶事业。

2.敬昌号

敬昌号茶庄，成立于清光绪年间，设于江城。那时是私人制茶最为兴旺的时代，而敬昌号茶庄又以精制高级普洱茶和远销海外而备受瞩目。1921年，敬昌号茶庄发展成江城最大、最有名的普洱茶庄。20世纪

50年代，总号原信昌关闭了敬昌号茶厂。

江城哈尼族彝族自治县（简称江城县），因李仙江、曼老江、勐野江三江环绕而名江城。江城县在普洱市南部，与越南、老挝两国接壤，边境线长达183千米，是云南省唯一与越南、老挝两国接壤的县城。江城是普洱茶产地之一，有200多年历史，清朝年间就大量出口茶叶到东南亚，现有新旧茶地7万亩。在笔者第四次赴普洱进行调研时，终于如愿以偿自驾到达了江城县寻找普洱茶老字号敬昌号。

敬昌号茶庄生产的茶品，讲究品质的追求，选料坚持易武乡（紧邻江城县）、曼洒茶山的最优质茶青，一直以来都被当成普洱茶的品质标杆，能与之比肩者不多。

敬昌圆茶是采用“普洱正山”，也就是曼洒茶山最上好的大叶种乔木型古茶茶青制成的。茶饼的压制技术非常精工规矩，饼身表现匀称丰满，边缘厚薄不一致，但圆顺。敬昌圆茶饼的外观充满浑厚朴拙的气质，尤其茶青在蒸压前，入袋的技术很讲究，每饼茶青在杂乱中显现出一种排列的艺术，是所有普洱茶饼中外观最优美的。饼身直径20.5厘米，每饼约重0.66斤[1]。此茶有野樟茶香，水性极度细柔，入口即化，为普洱茶品中水性最为细滑的。

敬昌号陈年老韵，约为20世纪40年代产品。每饼有内飞一张，是椭圆形图案，与同庆老号圆茶极为相似。每筒茶内有一张大的内票，是一张有较高艺术性的版画图案，白底绿色的字画，是一幅“采茶图”，有采茶姑娘3人，有2棵高大乔木的茶树，是清朝时期大茶山最真实的写照。加上由右而左“敬昌茶庄号”是最工整的楷书字体，构图美观，极富艺术价值。目前一饼敬昌号圆茶的网络拍卖价高达30多万元。

敬昌号旧址位于江城县勐烈古街，这里曾经是江城最繁华的街道，每天马帮往来络绎不绝。今天的古街房屋还保留有木板房，建筑样式和墨江碧溪古镇非常相似，但比起碧溪古镇古街要破旧得多。敬昌号旧址还在，只是部分房产已经成为居民的私宅。从勐烈古街到江城新街，视觉冲击非常大。江城县新城街道整齐，街边建筑美观，而且非常新，比起普洱另外的边境县孟连和西盟，城市建设显得更有文化，同时散发着现代气息。我们的江城之行除了寻找敬昌号，还计划前往江城与越南、老挝交界的曲水乡龙富口岸，在这里可以登上山峰，远眺中、越、老3国交界处的绿洲。只可惜此行充满了遗憾，江城，曾经一个因为富有绿色原始森林而闻名的边境县，从县城到曲水乡80多千米的崎岖山路，原始森林几乎都不见了，到处都是干枯的橡胶林。我突然就想起了敬昌号和勐烈古街，当年茶叶经济的衰落带来的不仅是一个企业、一条街道，而且是整个生态环境的改变。在我走过的著名古茶山，都能看到丰富的生物多样性，古茶和原始森林共生，各种花草树木种类繁多，生态极好。江城县由于区位优势，在那个年代成为"水上国际茶叶之路"的重要驿站，茶商、茶号云集，茶林遍布。今天虽然也仍然有部分古茶山，但大部分已经变成橡胶林。

四、当代普洱

20世纪60年代初，普洱市开始加快恢复茶树种植和茶叶加工生产。特别是改革开放后，国有、民营和合作社等各种体制的茶叶生产经营企业如雨后春笋，在普洱大地上生长开来。生产的红茶、黑茶、绿茶、花茶等销往全国各地和国外。

进入21世纪，普洱茶市场开始繁荣起来，尤其是古树普洱茶迎来了从价格低廉到身价倍增的潮流。一个流传较广的故事是：2002年时，一个小包工队给别人盖了房子，但对方没钱给，提出用两吨普洱茶抵工程款，包工队被迫无奈只好收下。2006年，那两吨茶叶涨到了每公斤[2]1400元。在坊间这个故事被大家传得绘声绘色。有人说，当时用茶叶抵工程款时，包工头欲哭无泪，而后来这个包工头笑出了眼泪。

另一个更加离奇的故事是，一个茶厂的清洁工，将茶厂存茶叶的库房打扫了一下，结果卖了10多万元。

但2007年4月以后，普洱茶价格开始暴跌，4月20日，广州芳村茶叶市场“大益7542”从每件（30公斤）零售价2.2万~2.3万元跌到1.7万~1.8万元，此后普洱价格一路走低，到6月初跌破每件万元。其中大理下关沱茶从最高的每公斤400元跌至每公斤160元，跌幅超过60%。随后，普洱茶在上海、北京、广州等主要消费城市也大幅贬值，价格普遍下跌了20%~50%。2008—2009年，普洱茶价格进入寒冬，很多厂商与经销商在毛茶价格下跌后的差价中出现巨额亏损，并迟迟难以填平，最终因为资金链断裂而倒闭。

时间进入2016年年底，在我们走进“云南普洱古茶园与茶文化系统”遗产地核心区景迈山和困鹿山的时候，茶农们的生活已经发生了翻天覆地的变化。随着茶叶市场对古茶资源的追捧，景迈山上茶农们拥有各种名贵汽车已经非常常见。困鹿山古树的春茶价格更是在2018年上涨到了每公斤3万元，茶农们脸上洋溢着幸福的微笑。真心希望普洱茶的悲喜剧最终是皆大欢喜的结局。

天赐普洱，世界茶源，让我们一步一步走进你！

澜沧县拉祜风情园美景

注释

[1] 1斤等于500克。

[2] 1公斤等于1千克。

Agricultural
Heritage

寻访世外古茶园

02

古茶园其实已经形成一个生物群落，乔木、灌木、藤本、草本交错生长，地被植物也密密实实，其中还活跃着各种昆虫和鸟儿。茶树在天然林下种植，是最为古老的种植方式。茶园保留万木丛林，或者说置茶园于万木丛林中，有野花药草相伴，茶树怎会寂寞？茶叶怎会苦涩……

一、世外遗珍

粗略地了解了普洱市普洱茶的发展历史，在今天是否还能寻找到一些保留下来的历史悠久、种质资源丰富的古茶园呢？在我的学生杨学宏的推荐下，我们走进了普洱市下辖各区县保存下来的多处古茶园。当今社会，急剧发展，历史上遗留下来的众多农业文化遗产遭到了这样那样的破坏，为何普洱市还能保存如此多的成片古茶园呢？带着疑问和好奇心，我们前去一一探寻答案。

1.老安寨古茶园

因全球重要农业文化遗产“云南普洱古茶园与茶文化系统”核心区澜沧县景迈山距离普洱市较远，2017年7月底我们探访古茶园的行程就从普洱市下辖的思茅区开始，计划一路向南，最后到达景迈山。

普洱市下辖的思茅区思茅港镇茨竹林村委会老安寨古树茶园是目前为止思茅区境内发现的唯一古茶园。这处“深闺”中的古茶园长期不为外人所知，而我也是幸运地因为杨学宏的同学就是茨竹林新任村委会主任曹加顺，得以走进美丽的茨竹林和神秘的老安寨古茶园。

2017年7月30日上午，我们一行7人从普洱市区出发，奔向了远在100千米以外的茨竹林的老安寨古茶园。杨学宏和曹主任分别用两辆越野车带着我们前行。我和儿子龚书榆，还有复旦大学的林曦老师乘坐曹主任的车。茨竹林顾名思义，就是竹子特别多，但交通不畅。出了普洱市区，车子就行进在只是二级公路标准的柏油路上，虽然不是高速，但是也还一路好走。路边不时会有各种摆摊的小商贩。69千米后，到达那澜村委会。在此，就要开始拐弯上山了。

山路很窄，弯道急，坡度陡，但庆幸是水泥路面，还不算难走。但

思茅区关山大榕树

这种庆幸没有多久，两千米后，只有又窄弯道又多的沙石路面了。这天我们的行程主要是去看茨竹林老安寨的古茶园，但是为了让我们更多领略茨竹林附近村寨的历史遗迹和民族风情，曹主任带我们在进入茨竹林村委会的附近山头上绕了一个圈。

在路过一片橡胶林以后，我们来到那澜村那炳田村民小组的关山大榕树革命遗址。这里有一棵非常大的大榕树，无数的气生根扎到地下。这棵大榕树究竟有多少岁不得而知，它的树枝像一把绿色的巨伞，遮盖了好大的一片土地，外面烈日当空，树荫下却是清凉世界。云南刚解放的时候，思茅区政府在树下举行过多次会议。关山大榕树见证了思茅区解放初期的革命历史，也见证了边疆当年经济落后的情况下革命工作者充分利用自然条件忘我工作的革命精神。

树下参观休息了片刻，我们继续上路。沿着沙石路面的村道继续前行，不一会儿路过茨竹林的小木岗茶厂茶园。这里风光无限，远处层峦耸翠，近处整齐的茶园绿意盎然。据说这些台地茶在1988年就开始种植了。有茶农正在茶园里采茶，其中一个大叔背着挎包，满面笑容，山村人的幸福生活就在他的笑容里呈现。

颠簸一早上，中午到达茨竹林村委会。吃过饭，老安寨古茶园之行开始了。老安寨是个彝族村寨，一看寨名就觉得是幸福安康的乐园。相传在300多年前，陶姓、钱姓等姓氏的几户“朴子蛮”从澜沧江对岸迁入茨竹林，以狩猎、游牧为生。后来他们在大山梁子的半山腰开始刀耕火种，过上定居的生活，并从一个叫大山寨的布朗族寨子里引来茶树种植。这些古茶树分布在大山梁子东坡山腰的中上地带，时断时续一直绵延了四五千米的距离。至今保存较好的有6片总计260多亩4000多棵树龄在260年以上的古茶树。在中华人民共和国成立初期，为了响应国家进行村寨整合，古茶园附近零散的20多户人家并到了旧时的老安寨。之后，老安寨又于1971年和2014年两度进行了村寨的整体搬迁。村民们搬离了古茶园。再后来因为忙着耕种田地，即使在20世纪80年代古茶树分到户后，古茶园也疏于管理。直到21世纪，普洱茶产业兴盛起来，村民

思茅区茨竹林村老安寨古茶园

们才开始重新发现它的价值。

我们7个人挤进一辆越野车。去古茶园的乡村小道泥泞颠簸，只能容一辆车开过。路越开越窄，弯道坡道不少。路上也没有对头车，偶尔看见捡菌人的摩托车停在路边。曹主任说，这些人都是来晚的了，最多只能捡到奶浆菌。珍贵的大红菌必须凌晨四五点就进山去捡，才能先下手。作为福建人的林老师一路都在叫红菇，刚开始的确没有搞明白他看见了什么，后来路过了一家专门收购大红菌的山村小店，我终于明白他说的红菇是什么了。红菇在普洱市称为大红菌，有补血之功效。大红菌炖土鸡是普洱名菜，但是云南其他地方的人认为这种菌子有毒，几乎都不敢采摘来下锅。福建人特别喜欢吃这种菌子。网上售价几乎是每公斤1000多元。路边收购店的售价是每公斤400元，我们都觉得比较起来很便宜，于是买了不少。开着开着，倒下来的一棵树挡住了去路，没想到曹主任马上拿出大砍刀，跳下车开始砍树枝，开辟出一条刚能过车的小道继续前进。看样子他们当地人已经相当有经验，人迹罕至的地方一定是要带砍刀的。普洱市是国家森林城市，森林覆盖率68.7%，堪称高原绿洲。我们穿行在茨竹林的各个村寨，满眼都是绿色，各种各样的植物太多太多，根本叫不出名字。

车最后来到一条三岔路口停下，曹主任说只能到此了，于是大家只好下车走路。沿着左边的小路往里走，一个人都遇不到。如果我们自己来找这个古茶园，无论如何是找不到的，因为就无人可问。刚开始的路还算平，不一会儿就开始要下个陡坡，坡非常陡，泥巴又稀又滑，我穿着运动鞋都不敢走，停在坡顶想哭。曹主任马上从路边捡了一根粗粗的棍子递给我，在这种拐棍的帮助下我终于可以下坡了。一路都在下坡，到了坡底，过桥，终于比较平坦了。穿行在绿色的森林之中，路边有各种药用植物，曹主任他们如数家珍。我却记不得几个。印象当中有麻醉鱼的冲天子，治疗中耳炎的老妈妈拐棍，还有野魔芋。看来山里人都是生存能力很强的，野菜、草药都可以物尽其用。越往山里走，小路上横倒的树木越多，大树倒下来，就这样躺着化为春泥，没有人会去惊动它们。路旁的山坡上，不时出现一些圆圆的小洞，一看就是老鼠洞，我也想不明白老鼠生活在这里吃什么呢，是不是因为爱茶香呢?

走了大概1小时，终于见到又是一个山坡，坡下有好多古茶树。这里几乎就没有路，而且杂草丛生，必须披荆斩棘走过去。我们7个人，只能站成一排，因为我走山路最笨，还不如10岁的儿子，走在最后，根本不能挤到前面去。能给我们站立远观古茶树的地方在一个大斜坡上，下面就是山沟。曹主任走在最前面，爬上了搭在斜坡和古茶树上的独木桥，我看着头都是昏的。古茶园的茶树冒出了不少嫩芽，曹主任说这个样子大概是茶园两个月没人来过了，可以通知他们进来采茶了。曹主任真是时刻心系茶农。只见他爬上的古茶树，树形高大，枝叶繁茂，大约距今有300年了。突然我转过身，发现在我身边的斜坡上就有一棵古茶树，叶片比较大，属于云南大叶种，根部看起来并不粗，但是曹主任说粗大的根部我们看不见，在泥巴里埋着呢。因为1958年古茶园遭遇了一次山林大火，虽然没有造成大面积古茶树死亡，但许多古茶树的枝干被严重损毁，只能重新生枝发芽，导致现在灾后将近60年了，这些古茶树树干不大、产量不高。茶树上结了茶果，圆圆的，似乎是绿色和咖啡色混杂的色彩。

据当地一个上年纪的李姓老人讲述说，老安寨古树茶园最南端100多亩的一块，属于1949年以前大山寨的村寨旧址。茶在寨中生，寨在茶林藏，古树茶园紧紧包围着村寨的每户人家，形成了村寨与古茶园共生的美丽山村。这里虽然只是零零散散的二十几户人家，却因为在种地的同时善于借助茶马古道做营生，竟出现了何、罗、宗3户大富人家。这些

思茅区茨竹林村老安寨古茶园

大富人家与马帮、茶商、盐商接触密切，在耳濡目染中他们悟出了一个道理——原来喝茶与吃盐、吃饭完全一样，人们天天需要，时时处处少不了。于是，3家人开始在村子附近和自家的房前屋后，争相开地种植茶树，成为了老安寨种茶和经营茶生意的先驱。他们的资金逐年投入，茶地面积一年年增多，并且带动了当地的人家家户户种植茶叶，种茶业在当时的大山梁子一带风靡一时。

据说老安寨有一片10多亩的我们没能走到的古树茶园，里面的古茶树枝不密、树不高、干不壮，而周边却长满了极其茂盛的参天古柏树。据李姓老人介绍说，他的上几辈人就说柏树是在茶树种植了许多年以后，为了给茶树遮阴，或增加茶叶特别的香味，才在茶地里套种的。现在古柏树被砍伐了一茬又一茬，但古柏树却还在茶地外，说明茶地的面积范围已经比当初萎缩了不少。

随着生活水平的提高，为了自家日常饮茶的需要，老安寨不少人家不怕路远、不辞辛苦开始逐渐分出一些精力来料理在古树茶园里分到的古茶树。因为这里的茶叶品质自古以来就很不错，老安寨村民在新世纪重拾了祖辈人辛辛苦苦留下来的古树茶。

老安寨古树茶有着自身明显的特点和优势。一是老安寨古茶园，只是星罗棋布地分布在茂密的原始森林之间，至今车路不通，人迹罕至，仍然完全处于原生态状况，可以吸收更多的山野灵气，称得上是真正的“百年深山古树茶”。二是老安寨古树茶园的古树茶，虽然品质一直不错，但刚刚才开始学走市场道路，如同久藏深闺的少女，尚不被更多的人认识了解。三是老安寨大叶种古茶树与澜沧县景迈山古茶林一样，蜜香气高，汤感好，甜度好，回甘持久。

如今老安寨古茶园茶叶以“老安寨古树茶”为品牌，由普洱市思茅区老安寨古树茶园专业合作社进行收购、加工、销售，年产量1吨左右，并建立质量安全体系追溯。老安寨古树茶条索粗壮肥硕，香气纯高，汤色透亮，回甘持久。只可惜由于我们没能去到十几千米外的古树茶加工厂，因此没能品尝到珍贵的老安寨古树茶。不过在大半天山路绕行之后，回到村委会，还是牛饮了一阵办公室待客用的茨竹林生态茶。清新的口感、持久的回甘已经让人神清气爽了。老安寨古树茶能有今天的组织化管理，不得不再说起陪我们进入古茶园的茨竹林村当家人——曹加顺。

曹加顺，男，1971年生，中专文化，1990—1993年在竹林卫生院做乡村医生。当时茨竹林村委会还是名叫竹林乡，1993年10月曹加顺开始任茨竹林村公所文书，后于1999年4月回家务农，2013年5月至今在茨竹林村任村主任。上一届村委会主任步子快，结果为茨竹林村欠下了一屁股外债。曹加顺临危受命，2015年先后争取资金230万元，修建大荒田、称杆、抛竹箐文化室320平方米，架设老安寨、抛竹箐人畜饮水管道5千米，建成2个30平方米的水池；争取资金100万元，扶持长良子、抛竹箐、老安寨、小新寨、大荒田林下种植重楼200亩；争取资金36万元，修建称杆村组道路硬化建设1.3千米，建成称杆文化活动室；争取资金120万元，为老安寨滑坡搬迁安置做地基，完成58户的恢复重建工作，加固户114户，劝动165户自愿拆除重建；全村33户贫困建档立卡户，104个贫困人口，现已经脱贫25户，完成26户的建房工作，剩下7户贫困建档立卡户于2017年全部完成建房。2016年争取项目资金160万元，修建沙石路面：长梁子公路7千米、抛竹箐公路9千米。经过不断的努力，完成芹菜塘水库建设项目申报；自己建了一个茶叶初加工厂，使100多户老百姓有茶外销，保障了当地老百姓的生产生活。这个茶叶加工厂就是前文中提到的普洱市思茅区老安寨古树茶园专业合作社。2017年争取280万元，修建大荒田村组道路硬化8千米。

思茅区茨竹林村老安寨古茶园茂密的植被

思茅区茨竹林村芒坝雨后彩虹

2017年7月，在思茅区精神文明建设指导委员会组织的“文明普洱、最美茶城”系列评选活动的的组织推荐意见中，我们看到对他有这样的评语：“曹加顺同志工作积极认真，团结班子，为百姓办实事，遵守国家法律法规，带领百姓发家致富，以自己实际行动为榜样，带头创业，真心实意为老百姓谋福利。”这样的好干部，在基层踏实苦干，一步一个脚印，书写着一个村主任的基层人生。

回程，大雨来了，我们庆幸在古茶园里没有下大雨。如果那样，道路泥泞，是绝对无法去看“深闺”中的老安寨古茶树的，更不能亲眼见证古茶园里丰富的生物多样性与良好的生态环境。一阵大雨过后，天边出现了彩虹。神奇的雨，神奇的彩虹，神奇的老安寨，神奇的古茶园之行！

2. 孟连芒中古茶园

孟连傣族拉祜族佤族自治县属于普洱市下辖的边三县之一，是通向缅甸、泰国等东南亚国家的重要门户，为省级开放口岸。孟连系傣语谐音，意为“寻找到的一个好地方”，有“边地绿宝石”“龙血树故乡”的美称。

在做“云南普洱古茶园与茶文化系统”调研计划之前，杨学宏就极力推荐孟连县。我也对孟连浓郁的傣族风情和那传说中的金色王宫略微有所耳闻，孟连芒中古茶园作为傣族土司的御用茶园也正好是我们此行的重要目的地。景迈山也属于孟连土司的管辖范围，清朝开始，景迈山茶叶就作为贡品进贡给孟连土司，再者从孟连到景迈山也非常近便。于是2017年7月31日，我们一行5人告别茨竹林老安寨古茶园向孟连进发。

从普洱市思茅区去孟连县，只有一条省道：经思澜公路到澜沧县，然后再由澜沧去孟连。思澜公路只是普通二级公路，弯道多。从思茅区到澜沧县全程173千米，大约需要3个半小时。澜沧到孟连57千米，车程1小时左右。由于我们头天探寻老安寨古茶园，所以已经在思澜公路往澜沧方向南行了69千米。从那澜包车，我们2个半小时到达澜沧县。

澜沧县有着江外著名的六大茶山之一的景迈山，但是我们行程计划最后从孟连再取道“云南普洱古茶园与茶文化系统”的核心区景迈山。因此我们只是在此稍作停留，第二天清晨8点就启程赴孟连。

我们一行7人于2017年8月1日早上9点半到达孟连县。不知道是何故，公共大客车驾驶员进入孟连县时走了一条让我们不可思议的泥泞道路，而且还很长。我总在想，一般进入县城的道路应该有漂亮的迎宾大道，这驾驶员恐怕是让我们体验一下强烈视觉冲突的今昔对比吧。

进入孟连县城，街景和一般的县城没什么两样，心中还有些许的失望，不是被学生极力推荐的地方吗？好像看起来很普通。我们入住孟连县傣王府大酒店，酒店名字听起来就比较有气势。酒店内环境不错，只是居然建在一个建材市场中间，外环境有些许凌乱。不过，些许的失望也就到此为止，随后接连不断的惊喜成为了孟连之行的主旋律，我们想，真是找到了一个好地方。

取道孟连，有两个调研计划，一个是探访孟连宣抚司署金色王宫的后人召勐扁勐，另一个是走进芒中古茶园。探访金色王宫收获满满。走进芒中古茶园，寻访土司府日常享用、待客、宴饮及祭祀等需要的茶叶也是一次记忆犹新的发现之旅。

景迈山的茶叶直到乾隆中期才成为孟连土司的贡品。那么孟连土司是否有本地茶叶饮用呢？当然有，那就是芒中古茶园的茶叶了。

芒中隶属孟连县娜允镇景吭村，位于县城东部5.5千米处，处于美丽富饶的孟连坝子东部边缘。海拔1020米。芒中是一个拥有108户456人的傣寨，寨子坐落在坝子边缘，山清水秀、气候宜人。寨子南边的丘陵地上，至今仍保留着一片面积为120亩的人工栽培古茶园。据考证，树龄为300年以上。树高10~12米及径围0.4~0.5米的古茶树有110株，其中最大的一株树高12米、径围0.5米。芒中古茶生长在坝子边的丘陵地带，养分充足、无污染，茶质优良耐泡、汤色清纯，茶味清香，自清朝以来一直都是孟连的上等名茶，专供孟连宣抚司历代土司饮用。看到这样的史料记载，我们告别土司府之后，踏上了寻找芒中古茶园的寻茶之路。

我、曹力老师和龚书榆，不顾旅途的疲劳，决定打车前往近郊的芒中。上海的林曦老师和李浩弟弟因为旅途劳顿，休息去了。在孟连标志性建筑大金塔附近，我们3人上了车。司机是一位中年男性，湖南人，不一会儿就开始和我们热聊起来。原来他已经在孟连做了多年生意，最近转行开出租车。他非常不理解我们大老远地跑去一个陌生的农村看古茶树。他告诉我们：“到芒中可以，但是我不知道古茶园在哪里。”我们说：“没关系，到了芒中，我们自己去寻找。”

芒中有一个古老的佛寺。我们沿着水泥路面的村道进入芒中，到佛寺门口，汽车已经无法继续前行，就此下车，已经是下午3点多钟了。芒中佛寺正在维修，谢绝参观。但是一看芒中佛寺的介绍，建于清光绪八年（1882年），比土司府那边的中城佛寺还早，还是云南省文物保护单位，我们决定偷偷溜进去瞻仰一下。

石砌围墙正在维修，门开着，工人正在前面的庭院中工作，我们就从后面溜了进去。

芒中佛寺，傣语称为“洼拉所坦”，以佛殿为中心呈纵向式分布，坐西朝东。佛殿前为走廊，西北侧为僧舍，东北侧为佛塔。佛殿北侧外墙体绘有傣族民间故事《哦罕板噶》内容的壁画，佛殿的正门位于东侧，南、北两侧有两道小侧门，北侧门接引廊与僧舍相连。从开着的东门向佛殿里面张望，仰头看见木质的斜坡顶和挂瓦，增添了寺庙的古朴质感。木质的横梁、立柱之上都有金色傣族纹饰，内墙体西、南、北侧保存有傣族传统金水漏印纹饰，金柱、檐柱均有金水漏印纹饰，看起来精致迷人。傣族佛寺进殿都必须脱鞋，我们只敢在门口张望一下，没能进去拍照。这还是我第一次见到这么古朴、美丽的傣族南传上座部佛寺。虽然去过西双版纳的景洪市，但是还真没有进过傣族寺庙。芒中佛寺让人感受到傣家的寺庙清静，柔美，不像汉地佛寺香火袅绕，人头攒动。

时间紧，还是赶紧去寻找古茶园吧。出了佛寺，10岁的龚书榆这时候已经困得没精打采，但是为了配合完成任务，坚持着跟我们往前走。古茶园在哪里？只有去问村民。有人告诉我们，朝前方的小山坡方向过去，那里有个茶厂，可以去问。中途路过一户正在修房子的傣族村民家，也告诉我们古茶园就在前面。等我们爬上小山坡，好大的一棵大榕树出现在我们眼前。凡是傣族村寨，就会有这样的大榕树。大榕树下就是一片茶园，但是根本没有什么其他建筑，更别说茶厂这样的地方了。我们欣喜地以为这就是古茶园。从大榕树下的小路进入茶园一看，这完全不可能是古茶园，都是些整整齐齐的生态茶林。这些茶树是可以长成古茶树那样的乔木型大叶种茶树，但是看树龄应该不是太老，树干很细，估计就是几十年的样子。不过这真是一片美丽的林下茶园。茶园内部有很多叫不出名字的各种高大树木。由于平时出入茶园的人不多，走进茶林，我就被蜘蛛网包围了。为了找到自己千辛万苦要寻找的古茶树，我们也顾不得那么多了，还是坚持往里走。原来这片茶林在一个斜坡上，入口处的大榕树就是斜坡的最高点。进入茶林后，看见整个斜坡面都是茶树和其他高大的树木，从坡顶到坡底估计10分钟能走到。坡底对面又是一个斜坡，也全是密密麻麻的茶林和其他树木。林子里的空气是那么清新，只可惜这时候天上都是云层覆盖。如果能有阳光射进树林，那该是更加充满生机的一片美丽茶林啊。

进入这漫山遍野的绿色世界，我一个人只敢在边缘走走。龚书榆和曹力老师已经返回那棵大榕树下休息。我也不敢久留，还是继续寻茶之旅吧。

返回大榕树下，正愁很难见到人，恰巧来了五六个小朋友。原来他们是到芒中佛寺那边附近的小卖部买了零食回家。这群孩子中年纪最大的上小学六年级，是一个女孩子，名叫李玉红。我们向他们打听古茶园，他们说带我们去。我问他们大概有多远，他们说不远，就在他们家那里。看着渐渐黑下来的天色，虽然有一丝心忧，但还是跟着他们上路了。

孩子们一路有说有笑，由于碰上了同龄人，已经非常疲劳的龚书榆也不打瞌睡了，跟在这群小朋友后面拼命往前走。他们走路好快啊，我都跟不上。小朋友们一路就回头望着我笑，还不停安慰我，就在前面，就在前面。可是这一路哪里有人家户的影子啊。坑坑洼洼的黄土路两边都是绿色的农田，地势比较开阔平坦，远处是青青的山，风景是美得不能再美了。昆明地处高原，海拔高，周围的山很大。而孟连，海拔只有八九百米，山不高，又非常绿，风景美得令人心旷神怡。跟在这群小朋友后面，我只有一个想法，等退休了，就来这里租个村屋，每年住上一段时间，那该多么惬意啊。

这一路至少走了半小时，路边突然出现了整整齐齐的成片现代茶园。一眼望过去，鲜绿色茶叶叶片似乎都在发亮。虽然接近5点了，光线已经比较不好了，但怎么看这大片台地茶园里的茶叶似乎都鲜翠欲滴。栽种茶叶的小小丘陵起起伏伏，错落有致，绿色的茶园一眼望不到边，好美的景致啊！茶地里有一个中年男性茶农正在干活，是小朋友们的熟人。李玉红回头问我："这个是不是你们要找的茶园？"我顿时蒙了，原来小朋友根本没有搞懂我们是要寻找古茶园。于是李玉红问茶地里的叔叔，叔叔告诉她，在一个水池旁边。她似乎听懂了，带着我们朝叔叔手指的方向去寻找。中途路过她家的小院，她热情带我们进去喝茶。他们家也是十几年前才移居芒中，父亲是重庆人，今年才刚把重庆的爷爷接到孟连。芒中寨子里似乎很多都是改革开放后才移居到孟连的外地人，本地的傣族人口不多。广袤富饶的孟连坝子吸引了大量外地劳动力。和李玉红同路去村中心买零食的小朋友都是外地移居过来的汉族小孩。我们品尝到的茶水肯定就是眼前这些台地茶制作的，生长在这样山清水秀之地的茶叶的滋味也是清新自然，甘甜可口。李玉红的大姐也走出来和我们相见，原来她已经在县城读高中，假期才回家，刚刚去茶山帮大人采茶归来。孩子们的父母还在茶地里干活，未能见到。采茶季节茶农们是非常辛苦的，早上5点左右就要出门去采茶，基本要采到晚上7点左右才能回家。因此李玉红的姐姐先回家为一

孟连芒中村生态茶园美景

孟连芒中村的小学生们

家人准备晚饭，而父母则要等把采回的茶叶送到茶厂收购点才能回家吃饭。

趁着天还亮，我们请李玉红赶紧带我们去寻找古茶树。这时候龚书榆已经跟他们非常熟悉了，乡间小道的寻茶之路不再是苦差事，而是和小朋友们的游戏之路了。李玉红带着我们朝一片地势较高的台地茶园向上爬。茶地边不时有一些其他树木套种在地里，李玉红指着一棵树告诉我们，这是木薯。我还真是没有见过木薯，在昆明也吃不到。昆明到处都是红薯、山药，市场上几乎是见不到木薯的。路边还有很多咖啡树，结满了咖啡豆。孩子们竟然随手抓下一把，作为子弹，互相打闹了起来，笑声、闹声一路不断。可是寻茶之路没那么顺利，按照之前叔叔所指的地点，哪里有什么古茶树，还是成片的现代茶园。我已经相当绝望了，天色逐渐暗淡，就要天黑了，我非常想再找人问问，可真的见不到人啊！孟连人口本来就不多，而且这时候大人们应该都是去远处的茶地里采茶去了，还没回家。寨子里只有一些小朋友，没办法问的。

下山回去吧，只有如此了。没想到刚下到平地，一位中年阿姨出现在路边，问李玉红带着我们是去干什么。李玉红赶紧问阿姨哪里有古茶树，阿姨给她比画了一下，她似乎恍然大悟，带着孩子们疯跑起来，叫我们跟着她就行了。我们只有跟在后面快步追过去。走了十几分钟，转个弯看见她已经站在路边的古茶树旁微笑着了。众里寻他千百度啊，原来古茶树就在村道边。这里地势起伏，黄土路一侧靠小丘陵，一侧就是大斜坡，这样的地势明显不太好栽种其他什么东西，因此这么一片古茶树被保留了下来。想当年这里肯定有成片的古茶园，为了提高茶叶产量的需要，已经不知道在什么时候大量改造成了现代茶园。看着这些千辛万苦才找到的古茶树，生长在被人不屑一顾的地势稍险的大斜坡上，内心说不出的感慨。要不是这样的情况，估计也被砍伐了吧。然而在今天，世事变幻，你们却又身价倍增，重新成为枝头凤凰。

这片古茶树有几十棵，按照关于芒中古茶园的介绍，这里应该不是前文提到的那个120亩的古茶园。因为这里的古茶树个头不高，树形偏小，也是云南大叶种。但的确它们一看就是古茶树，叶片呈深绿色，有点上了年纪的样子。

回程，开始关注路边，也许不经意间就能发现古茶树。果然如此，在问那个中年阿姨的路旁有一段煤砟砖的矮围墙，围墙边就有一棵矮

孟连芒中村古茶树

小的明显曾经被砍伐过的古茶树。当再次路过进村时正在修建住宅的傣族大姐家，倾盆大雨下起来，我们赶紧跑到她家躲雨。她是一位热情的傣族中年妇女，马上就去找出火龙果来削开给我们吃。好甜的火龙果，我从未吃到这么甜和鲜美的火龙果。原来她是去靠近缅甸的一处村寨集市买回来的。聊起古茶园，她说："你看我家对面那块地上不就是古茶树吗？"出门张望，果然啊，我们之前路过竟然没有发现，因为茶树枝丫被砍伐过，茶树不大，里面一起种着很多其他树木，还有玉米等作物。不仔细看，还真是不容易发现呢。因为当年古茶树不值钱，人们把它们砍了种粮食作物。主人家感叹还好当时没有连根拔除，现在还可以重生。古茶树的重生，似乎也让人看见了市场经济时代中历史价值的重生、茶农们新时代的到来。

3.景迈山古茶林

景迈山千年万亩古茶林对于饮茶爱好者来说早已经闻名遐迩，我也是第二次来景迈山了。8月3日一早，我们按计划向景迈大寨的古茶林进发。大约20分钟，到了景迈大寨古缅寺门口停下。寺前有一棵巨大的菩提树，有20多米高。寺后又见茶马古道。道旁立牌说明：据史料记载，当时景迈山茶商云集，马帮不断；茶叶一路向南，经缅甸、泰国，到马来西亚出海；一路向北，过澜沧江，到普洱，最后到达内地；一路向西，入西藏，进印度。茶马古道，驮出去的是景迈古茶山的茶叶和盛名，载进来的是食盐、布匹等生活必需品和景迈山人的希望。

景迈山种茶历史有近2000年。"布朗王子"苏国文老师撰写的《芒景布朗族与茶》一书认为：1800多年前，布朗族祖先帕哎冷带领部族就在景迈山开疆辟壤、种植茶园，并给后代留下了遗训，大概意思是：留下金银财宝终有用完之时，留下牛马牲畜也终有死亡之时，唯有留下茶种方可让子孙后代取之不尽、用之不竭。布朗族祖先在迁徙途中发现一种能当作草药和作料的野生绿叶，可以治咳嗽和拉肚子，而且在游猎时带点冷饭、盐巴、辣椒，停下来吃饭时采上一把茶叶就有下饭菜了。于是为了区别于其他植物，首领帕哎冷把这种野生植物命名为“腊”，并带领族人有意识地在狩猎时把“腊”的幼苗或成熟种子带回来栽种。从第一棵到数十棵，从零散到成片，久而久之便成了今天的千年万亩古茶林。据芒景缅寺木塔石碑傣文记载，景迈芒景古茶园为当地布朗族、傣族先民所驯化、栽培，景迈芒景千年万亩古茶园是世界上保存较完好的大面积栽培古茶园之一，1994年被到古茶园考察的日本茶叶专家松下智誉为“天然茶叶博物馆”“茶史纪念馆”，2007年3月被评为中国民间文化旅游示范区。布朗人聚居的芒景村寨，每家每户的房顶几乎都是茶叶一芽两叶的造型。

景迈山的茶树漫山遍野，从山下到芒景村寨30多千米的山路，均在茶山里通行。景迈山拥有世界上面积最大且至今仍然在采摘的连片古茶园。整个古茶林占地面积2.8万亩，实有茶树采摘面积1.2万亩。这些茶园现在属于每位景迈山人，每家每户都分有几十亩不等的茶园。

目前开辟出来供游客参观的景迈山古茶林有两个主要入口，主干道可以行车，车路依然是在泥土中均匀镶嵌石块的塘石路。整个地形西北高、东南低，最高海拔1700多米，最低海拔1000多米，属亚热带山地季风气候，干湿季节分明。年平均气温18~21℃，年降雨量1800毫米。我们来时正值雨季，一天常常遭遇三四场雨，经常觉得防不胜防，但茶树们可喜欢着呢。

古茶园土壤属于赤红壤，属于酸性土壤（pH值小于7的土壤）。景迈山高温多雨，使土壤的风化和成土作用都很强烈，生物物质的循环十分迅速，正好有利于茶树这种碱性作物生长。脚踏红土，仰望绿树，

景迈山古茶林

景迈山古茶林入口

谁说红配绿（此处宜按四川话读lu，才押韵）丑得哭？红土绿叶，煞是自然，煞是好看。

行走在茶园，却看到非常多的高大古树和野花野草。查资料得知古茶园内的植物属于亚热带季风常绿阔叶植物，其中思茅木姜子和红椿还是国家二级保护的珍稀树种。我认得的却只有榕树。古茶园其实已经形成一个生物群落，乔木、灌木、藤本、草本交错生长，地被植物也密密实实，其中还活跃着各种昆虫和鸟儿。茶树在天然林下种植，是最为古老的种植方式，想当初种植它们的先民是不愿毁坏当时的林子吧。这种不忍恰恰成就了普洱茶的独特。茶园保留万木丛林，或者说置茶园于万木丛林中，有野花药草相伴，茶树怎会寂寞？茶叶怎会苦涩？茶园的古茶树，大部分树冠挺拔，枝叶茂密，它们与高大常绿阔叶林交错生长，虽历尽沧桑，却生机勃勃。走了半天，看不到两棵长得一模一样的茶树。每棵茶树都呈现出自己的姿态，或者昂首挺胸，或者谦逊恭谨，或者遗世独立，或者左拥右抱，鲜翠的嫩叶让人垂涎，苍劲的枝干让人敬仰，不禁可怜起那些中规中矩、千篇一律、低眉顺眼、逆来顺受的台地茶来。古茶林为单株，株距2~4米，行距3~6米，古茶树直径多在10~30厘米，少数在30~50厘米，茶树为乔木树型。茶树不施肥、不喷农药，全靠自然肥力生长，无任何污染，茶叶自然具有品种好、发芽早、叶质柔软厚实、显露白毫等特点。因为不需要任何农药，当然也就无任何污染。如果你要质疑虫害呢，那么我告诉你，茶林中的蜘蛛就是消灭虫害的高手。蜘蛛的视力极佳，攀爬甚至跳跃能力以及对付各种咬噬茶树茶叶的虫子的能力更让人叹为观止。我们在茶园中穿行，不时能听到龚书榆的尖叫，总是因为他又看到蜘蛛了。我们顺着他的视线和手指看过去，发现蜘蛛的种类还很多，有8只细长脚的，有粗花纹短脚的，有色彩艳丽的，也有老气横秋纯黑色的。茶树在这样的环境中自由生长，加上与多种药用植物共生，茶叶自然健康，健康自然美味。难怪昨晚在安门家喝的茶让我贪恋不已。

行走在茶园中，主干道是石子路，左右两侧全是茶林。我们很想近距离看看古茶树，但不知道游客能否进去。正在犹豫，前面走来了3位也是游客模样的人。当天寂静的茶园里除了偶尔看到采茶人骑车经过，很难看到其他人。一阵攀谈之后得知，对方有两位是华中农业大学的退休教授，陪同的则是当地普洱茶专家。两位女教授头发花白而精神矍铄，面容慈祥可亲。茶专家则是一位大约40岁的男性，身形瘦削，头戴一顶遮阳小圆帽，言语温和，黑框眼镜也遮不住他睿智的眼神。可惜因为萍水相逢不好刨根究底，连这位专家的姓名也不曾问及。我们于是结伴同游。专家说可以进茶林参观，我们拐下主路，进到茶林中。茶林小路都是土路，而且因为下过雨，有些湿滑，专家一边提醒他的老师留心脚下，一边给我们讲解有关古茶林的知识。我们当然不放过这机会，不停发问。经这位专家讲述解释，我们了解了螃蟹脚是怎么一回事。螃蟹脚寄生于古茶树或其他古树上，具有清热解毒、防治血管硬化等功效。而由于某些人的过度报道和过度解读，一般人把螃蟹脚视为包治百病的灵丹妙药，甚至过度采摘，而影响到生态。幸好在古茶园不会发生这样的行为。专家又介绍了目光所及的一些古树及其经济价值、药用价值、

景迈山大平掌茶王

观赏价值。最大的收获当然是关于茶的知识：茶树的树龄并不完全决定茶的口味，后期制茶工艺非常关键；茶树的环境影响茶的品质，这个茶林的古树、野草、野花、土壤都对茶叶的品质做出了贡献，茶树上面长满了苔藓、藤蔓、野生菌类等附生物。正是这样特殊的生长环境造就了景迈茶独有的特征：兰香馥郁，具有强烈的山野气韵，刚柔并济，茶汤醇厚、喉韵绵长。采茶最好一年只采两次，春季和秋季；采茶最好采二芽，也就是从树枝尖部算起第二层的几片茶叶，因为第一层太嫩，第四层以后太老，第三层的叶子也不错，比较成熟，又不是太老。他还让我们自己体验一下摘摘茶叶，我们很迟疑，普通游览区都不能任意攀折植物的，更不必说这个珍贵的古茶园了。他说没事，摘几片就好。我们用这位专家教给的办法去观察路旁的茶树：果然第一层茶叶全是嫩芽，顶多两片，嫩绿而娇弱；第二层的茶叶颜色深了一些，变成翠绿，叶片也有三四片之多，但叶子摸起来还是软软的；第三层的茶叶变成油绿色了，茶叶质地也较硬了；第四层的茶叶简直就是深绿色了，叶片增多而且坚硬；再往下看，老茶叶的颜色几乎都呈现出暗淡的绿色，瞬间被我们的眼神嫌弃了。我们采摘比较了二、三层的茶叶，还放进嘴里嚼了嚼，有一点涩，但更多的是回甜，还有清香。专家说，茶叶采摘下来，摊开，通风透气，水分干了之后就自然发酵成白茶，就可以泡水喝了。这个大约是最原始的最简便的制茶方法了，但是为了保护古茶园我们千万不能去实际制作。

告别了3位老师，我们从茶林间小路走回主路。看着沿路密布两旁的茶树，想着古茶园的茶叶很早就用马帮驮到普洱进行交易，作为普洱茶原料之一的古树茶叶，自元代起就销往缅甸、泰国等东南亚国家，脑海里不禁升腾起关于采茶姑娘、关于马帮汉子、关于茶商、关于古代中国人与古代外国人用茶品茶的各种图景来。到了清代，景迈山的茶叶已是孟连土司及皇室贡品。21世纪，景迈茶更是大放异彩。2001年在上海召开的亚太经济合作论坛大会上，景迈山古茶园的茶叶作为国礼被赠送给各国首脑。到今天，这片古茶林得到前所未有的重视。云南省柏联集团曾提出赫赫有名的《景迈山宣言》，还邀请中国环保形象大使、中央电视台著名主持人敬一丹与当地布朗族、傣族村民一起宣读了《景迈山宣言》：尊重并保护景迈山每一棵参天的大树、每一棵伏地的小草、每一缕阳光、每一寸土地、每一捧泉水……

景迈山古茶林 1100 年古茶树

走出古茶园大门，回看这片望不到边的古茶林，我想这似乎就是世外桃源了。尽管古茶林的茶叶会销往外面的世界，但是古树啊，茶林啊，野草野花啊，就这样静静地待在这里千年万年。这里的原住民“无事不茶”，茶已经深深融入当地人的饮食起居、婚丧嫁娶等日常生活和大型事件之中，甚至岁时节令都要用茶来表达心意。可以说，在景迈山，各族人民的语言、风俗、节庆、祭祀等民族文化传统都是围绕着茶展开的。人成就了茶，茶滋养了人。虽然今天的旅游开发与生态保护之间有着一些矛盾，但我还是要固执地祈祷，千万不要把景迈山变成丽江和大理啊，不要有太多的人来打扰景迈山，即使来了也快点离开，带着茶香离开，心可以跟着茶魂回来。那么千万年之后，景迈山依然，古茶林依然。

4. 墨江古茶园

全球重要文化遗产“云南普洱古茶园与茶文化系统”中的古茶园除了核心区澜沧景迈山以外，在普洱的墨江、宁洱、景谷、镇沅和景东等地都有古茶园分布。2017年10月国庆长假，我们一行3人踏上了探访墨江和宁洱古茶园的寻茶之路。

墨江是全国唯一的哈尼族自治县，北回归线穿城而过，是太阳转身的地方。这里矿藏丰富、桫椤成林、双胞成群；这里三江奔流、梯田层层、茶园叠翠、紫谷飘香。墨江县也是茶马古道北大门，自古以来都是兵家的必争之地。为了把产于普洱的贡茶顺利送抵皇室，也为了能顺利地进行官文的传送和将卒的调动，历代王朝在这个要地都设立了“通关哨”“通关汛”等军事机构，常年重兵把守。从通关有一条“茶马古道”向西北方向远去，与通往滇西北及西藏的滇西后路茶马古道相连接，构成了横向相连、纵向相交的一片古道交通网。

近年来，墨江县茶产业发展办公室对境内野生茶树群落和古茶园做了深入的普查。普查结果显示，全县古茶树资源面积达98456亩。其中，百年以上栽培型古茶园面积7893亩，分布于团田、新抚、景星、通关、坝溜、雅邑、联珠等乡镇。

昆明到墨江约280千米，从昆明出发，自驾约4小时到墨江县城。我们早上8点出发，12点已经到墨江县城了。墨江县城不大，比较著名的景点有北回归线标志园、河西双胞井和碧溪古镇等。我们要寻访的须立贡古茶山就在离县城10千米的碧溪古镇。

据《墨江哈尼族自治县志》记载：“县内碧溪区须立所产的‘须立茶’曾列为清代贡品。”墨江的“须立贡茶”即是墨江县联珠镇碧溪古镇旁勇溪村须立山上出产的一芽二三叶的“瓦雀嘴”须立茶，至今已有200多年的历史。

碧溪古镇专门有一高速出口，下了高速，便是羊肠村道，道路窄，弯道多，不过很快就能到古镇大门。在半途，我们看见一棵非常古老和高大的树，猜测半天，看见标识牌才知道，原来是一棵树龄170年以上的小叶榕。树的叶子不太茂密，感觉就是人到老年那种样子。从这棵大榕树也可以看出碧溪古镇肯定是有点历史的了。

车开到古镇门口，我们看见一座不算太高大的古城楼，上面写有“碧朔”，这是碧溪古镇以前的名字。1919年，根据碧朔东西两侧各有一条清澈见底的小河，村前是碧绿的田园，村后是叠翠的青山，故改名为“碧溪”。碧溪古镇始建于明代，是茶马古道上的一个重要驿站。据《云南通志》记载：明永乐四年（1406年）设恭顺州时，碧溪古镇为恭顺州驻地，建有城垣，隶属元江路万户府、元江军民府。从明永乐四年（1406年）到明嘉靖十二年 （1533年），恭顺设州于碧溪古镇，共历时127年之久，后移恭顺州于他郎寨，即今天的墨江县城。历来儒风浓重，商贾云集，文化较为发达。彪炳千秋、名垂青史的民国初年“光复英雄，护国将军”庾恩旸就出生于碧溪古镇。

碧溪古镇在解放前就有300多户人家，雕檐花格窗，厢耳房隼扣，传统庭院式建筑保留较好。解放后，新增农户往两边发展，古镇内依旧保存以往的旧貌古韵，现多为哈尼族各支系与汉族杂居，形成哈尼族懂汉语，汉族通哈尼语的和谐交融局面。

在古镇城楼外，有一处豪宅，即李家大院。李家大院是解放前碧溪古镇李秀山（民国末年的思普区剿匪大队长、禁烟委员长）耗费10年心血所建。李家大院现为碧溪村委会办公地，是一组跑马转角楼四合院落，坐北朝南，台阶式庭院。该院有正房、面房、厢房和耳房。正房

墨江碧溪古镇李秀山宅正面

为三开间，二楼一底，主体正房3层土木结构，建筑走脊翘檐，装饰奢华，气势非凡。李家大院精致的木雕门窗、金饰的屋檐、砖拼方形图案的庭院地板装饰都是美的感官冲击。特别是独具匠心的砖饰防盗窗，既与建筑融为一体，又不失防盗功能与美观。李秀山先祖从石屏来到墨江碧溪，一开始在现在黄金公司的矿区叫金厂梁子的地方开矿挖金子，经过数年的艰苦创业，李家有了一些不错的资本，便利用自家的铺面做起了生意，主要从西双版纳、缅甸一带进一些野生的贵重中药材，如鹿茸、虎骨、穿山甲等，并加工鹿胶、虎胶。一部分在自己的店铺卖，其余大部分是自己组织马队驮到昆明、玉溪一带销售。李家为碧溪古镇的四大富商之一，李家大院也是碧溪古镇上保留下来的看起来最有气势的豪宅。我们在参观李家大院的时候，正好碰见了碧溪村村委会一位办公人员，她热情地给我们讲解此宅的看点。有他们守护此宅，相信李家大院能够得到最有效的保护。

走进古镇，3米多宽的街道就算是国庆期间也比较冷清，没有几个游客。我们进去就开始沿路打听须立贡古茶山的位置。街边的小摊贩让我们去寻找卖茶的商铺打听。城门口一家卖茶的商铺主人家不在，我们于是继续往里走。路过一个八角亭，右转发现了一个正在营业的茶铺。

这个茶铺门口挂着一个市级文物保护单位的牌

从墨江碧溪古镇八角亭上俯瞰的古镇街道

子，看起来就是一座老宅。宅子全木结构，不算太大，两层楼。店主姓李，个头挺高，五官端正，身材不胖不瘦。我们说明来意，跟他拉开了话匣。

李店主非常热情。他告诉我们，须立贡古茶山不在碧溪古镇街上这边，而是在相反的方向。他今天有事，如果明早过来他可以带我们过去。听罢，我们就决定先在碧溪古镇调研一番，明天再去须立贡古茶园。李店主告诉我们，他是碧溪村上街三组的村民小组长，据此下文均称呼他为李组长。

李组长拿出碧溪村附近另一个村寨的古树茶泡给我们品尝，茶的口感比较苦涩。这款茶是夏茶，春茶早就卖光了。据说春茶上市的时候每公斤要卖1000多元。我们觉得这款茶不是太理想，李组长又拿出了他自己栽种的茶叶给我们品尝。这款茶一喝进口就非常甜。他说是生态茶，也是夏茶，不打农药。两款茶差异非常大的口感让我非常好奇，是什么原因让人觉得李组长家的茶叶就是甜滋滋的呢？我于是想起一个问题，会不会是茶地里套种的作物产生的影响，赶紧问他茶地里还有什么其他树种。他告诉我，他家的茶地里栽种有八角和杉木。估计这两种树木的确有利于增加茶叶的甘甜滋味。

由于李组长下午有事，在跟李组长详细询问了古茶园所在地之后，我们起身告辞。这时李组长发现我的同伴痛风严重，开车不易，于是拿出他的药酒给我的同伴涂抹，还告诉他要注意怎么使用。回到墨江县城，入住墨江奇缘民族主题酒店。酒店摆放的一本关于墨江历史文化的书写得非常好，正好满足了我写作的需要。酒店的装饰也非常富有民族特色，三楼餐厅的墙壁和花台都装饰有墨江农耕工具，这还是我第一次看见用农业工具作为装饰品的酒店，祖国的传统农耕文化又有了更多的展示空间。

第二天一早，我们又踏上了寻访须立贡古茶园的路。虽然李组长说今早可以带我们前往，但是由于须立贡古茶园与碧溪古镇方向相反，我们决定自行前往寻找。须立贡古茶园位于勇溪村，距县城7千米。之前李组长画了一个地图，根据地图指示，我们来到茶园所在的村口，恰好碰见一个要带着孙子出门去走亲戚的哈尼族老爷爷。他听见我们问路，主动带着我们去寻找须立贡古茶园。路上他说，由于当年茶树不值钱，因此古茶树都被砍伐过，还好没有连根拔除，现在古茶树又冒出了新芽。我们跟着老爷爷，从行车村道拐下了小路，小路其实就是田埂。在

墨江须立贡古茶园

一个公路涵洞口右拐，顺着狭窄的田埂继续走上2分钟，一条不窄也不宽的河横在面前。老爷爷告诉我，河对岸就是须立贡古茶园。古茶园在对岸的一个小山坡上。河水很急，没有桥。老爷爷指给我远处河中间的几块石头说："就是踩着这几块石头过去。"我一看，要到那几块石头处，必须从自己左手边的河滩地过去，大约有200米远。河滩地上全是草，草长在泥水地里。我没有那个勇气冒险过去，只有远远地拍照。

有记者探访须立贡古茶园时这样描述：这是一片不断扩展了的山坡茶园，那些曾经出产过贡茶的茶树显得那么矮小、枝细，显然被人修剪过。百余平方米的临河缓坡上，五六十棵茶树（新垦植茶地和栽种的茶不计在内）委屈而孤傲地倔强生长着。茶园里的茶树在20世纪初已经是大树了。承包责任到户时，采摘茶叶都得爬到树上去，茶树比大腿还粗，枝丫旺盛，为了方便采茶，村民还把茶枝砍下来烧柴，现在茶桩还能看得出原来的粗壮程度。

离开须立贡古茶园，我们继续前往古镇寻访李组长。进入店铺，却发现有人在找他看病，原来他还是一个乡村医生，店铺内间还有药铺，只是平时关着门，没有注意到，怪不得昨天能够拿出药酒来医治我同伴的痛风。一见面他问起痛风好转一点没有，我的同伴说好一点了。他又拿出另外一种药酒免费给我的同伴涂抹。墨江人的善意顿时让人非常感动。他看完病，坐过来泡茶招待我们，聊起了古镇马帮旧事。原来他爷爷的爸爸，即他的曾祖父就是当年墨江古镇的“马锅头”，曾经在第二次世界大战时期为外国人驮运过一种叫“铁公鸡”的飞机零件，至今家里人还保留有一个外国人赠送的油壶兼水壶。在我们的请求之下，他回家拿来油壶给我们看。这个壶一看就是金属材质，有可能是铝质，但具体是什么材质不得而知。油壶和普通水壶不一样，有两个嘴，一个较细，一个较粗。细嘴用于出油，粗嘴用于加油。这个油壶的帆布带已经比较破旧，但看起来帆布带还是结实的，继续使用也没有问题。李组长说曾经腾冲和顺那个著名的收藏第二次世界大战物品的私人博物馆人员找到他想收藏，但对方拿不出收藏证，所以今天我们还能看到这个油壶。李组长家还有一把第二次世界大战时外国人赠送的弯刀，只可惜断成两半了，据说是当年缅甸人跟日本人肉搏时使用的弯刀。墨江作为茶马古道上的重要驿站，李组长家的两件收藏品也见证了在第二次世界大战时期，茶马古道就是一条肩负抗战任务的重要国际交通线。

喝了几泡茶，我们赶紧催促李组长带我们前去他的茶地看看属于他的茶园。他带着我们先走进一片田野，田中没栽种太多的蔬菜，零零星星一点点。没走几步，田野中却出现了一片片茶树。慢慢地穿过田野，开始上山。田埂边出现了更多的茶树。茶树叶大小还不同，李组

墨江碧溪古镇上街三组李组长收藏的水壶

长指给我们，叶子大的就是云抗100号，叶子小的是过去培育出的云抗10号。我们走了很久，沿路都是各种野菜野花，有伸筋草、民国菜、五金瓜等。蝴蝶在野花丛中翻飞。李组长说看见蝴蝶，就说明这里生态良好。快到一处山顶的时候，李组长指着一片茶园告诉我们，这就是他位于老虎嘴的茶园。真美啊！这片林地有高大的柏树、挺直的杉木、多姿的八角树和槭树。树下是整齐的台地茶园。茶园在斜坡上，左高右低。右边远处苍翠的青山和近处眼前的茶园非常有层次感，风景极佳。进入茶园，我看见细长的蜘蛛趴在它编织的大网之上。同伴大叫“蜘蛛”。李组长却说这不是蜘蛛，是花姑娘。花姑娘的腿细长细长的，跟景迈山看见的就是一种。李组长说这些花姑娘是茶树上一种绿色害虫的天敌，

墨江碧溪古镇上街三组李组长家的美丽茶园

他的茶园虽然是台地茶，但是由于依靠生物多样性防治病虫害，所以也不用喷洒农药。这些茶树都是20世纪六七十年代栽种下去，一直保留下来的。我们行走在茶园，发现一些茶树上长着些白色的东西，似乎茶树“生锈”了。李组长说，这是寄生在茶树上的寄生物，这种样子的茶树生长状态就不好。

李组长说茶农非常辛苦，特别是春茶采摘的季节，工作量特别大。早上5点就要起床，天黑看不见采茶才能回家。回家后必须在当天进行杀青，如果时间放得太长，茶叶容易变红。过去茶树不值钱的时候，很多人砍掉茶树栽种玉米。现在茶叶涨价了，平坦的好田地里也种上过去只在坡地上种植的茶树。我问李组长，为什么他在进行茶树补种时不栽种可以长成古树茶的那种茶树，他说时间太长了，云抗系列品种采收期短，见效益快。市场现在都追捧生态茶，不喷洒农药，产量低无所谓，只要收购价高就行了。

墨江通往普洱的高速路有一个出口叫通关，也是有古茶园的地方。告别碧溪古镇，我们往通关方向而去，自驾只几十分钟，就到了通关。下了出口，进入通关镇，街道整齐干净，路两边的房屋崭新崭新的，一点不像一个农村的小镇。我们在街道上绕了一圈，看见一个拐弯路口有一家茶铺，于是进去跟老板娘打招呼。老板娘以为我们买茶，很热情地招呼我们坐下休息，并拿出毕库生态茶给我们品味。于是我问起通关镇的古茶山，她说那可远，离这里10~20千米的地方有毕库古茶园。这些古茶树被茂密的森林包围。曾经因古茶园交通闭塞，加上茶叶卖不到好价钱，村民们不去照管这些古茶树。现在，这些古茶树又成了新宠，而且村民不断扩大茶园面积，栽种生态茶。

老板娘的茶叶店面积很大，货架上摆满了云南各地的茶叶。店铺中央有一个比较大的茶桌，黄色的楠木材质，一看就是一棵巨大的楠木树墩做成的。老板娘说这是从缅甸进口的，茶桌非常重，他们用皮卡车去接货的时候，把皮卡车都压垮了。看着这个茶桌，其实真不是我见过的比较大的，居然就有这么重。在云南如果你留心观察茶桌，只有更大，没有最大。在云南边境县城的酒店，大堂装饰一般都有巨大的茶桌。那么大的茶桌很难被运到昆明，所以在昆明不多见。记得孟连傣王府酒店也有一个巨大的茶桌，西盟一个普通得名字都记不得的小酒店，在大堂也有几乎占据半个大堂的茶桌。

由于还要赶路，奔向茶马古道的起点宁洱县探访困鹿山皇家古茶园，我们告别了热情的老板娘，继续上路。

5.宁洱古城与困鹿山古茶园

宁洱县政府信息公开网上这样介绍宁洱：宁洱哈尼族彝族自治县，原普洱县，是驰名中外的普洱茶的原产地和集散中心，茶马古道源头，古来素有“茶之源、道之始”的美誉。普洱茶因普洱府得名，普洱府又因普洱茶而扬名天下。宁洱冬无严寒、夏无酷暑、四季如春，有哈尼族、彝族、回族、傣族、汉族等19种世居民族生息繁衍在这片热土上。

宁洱县的地名几经演变：普洱在唐代时称为步日睑，为南诏国银生节度使管辖，辖思茅西双版纳地区。宋大理国前期改为步日部，元时改步日部为普日部，明洪武年间，改普日为普耳，万历年间改称普洱。清雍正七年（1729年）设普洱府，普洱成为府级建制，府台驻宁洱。雍正十三年（1735年）曾设宁洱县，隶属普洱府。中华人民共和国成立后，1950年成立宁洱区人民行政专员公署，1985年经国务院批准，成立普洱哈尼族彝族自治县，隶属思茅地区。2007年4月8日，云南省思茅市更名为云南省普洱市，普洱哈尼族彝族自治县更名为宁洱哈尼族彝族自治县。

古老的普洱府曾经有完整的城墙，美丽的普洱八景。城内建有普洱府署和宁洱县署等。普洱府成立之初，在元江府正式调兵驻防普洱期间修缮的城墙基础之上，云南巡抚张允随亲自行文请示清政府把普洱府土墙彻底换成砖墙。遗憾的是，当时清政府财政状况不好，仅获准将土墙外墙（城墙有里外之分，中间距离可以骑马奔跑）改为砖墙。据记载，修缮为外砖内土的城墙周长1081.55米、厚2.44米，齿状城垛（古称雉堞）高7.33米，拦马墙高1米。东称“朝阳门”，西称“宣威门”，南称“怀远门”，北为“拱极门”。门洞上建盖砖木结构两层楼，高10多米，城四角建炮台，无护城壕（古称池）。城楼重檐歇山，三间转五，镂花门窗，雕梁画栋，很是耀眼。屋脊上挂有葫芦、禽兽等陶制涂釉饰物，阳光下熠熠生辉。檐牙下悬挂风铃（古称檐马），迎风叮当作响。整个建筑造型古朴雄伟，与高大敦实的城墙有机地连接在一起，互相辉映，蔚为壮观。各门洞上边还嵌有石刻横匾。当时，在云南一带，普洱府古城墙上的城楼是非常有名的建筑。只可惜普洱府古城墙在1951年被全部拆除。

2017年10月1日下午，我们一行3人到达宁洱县，入住新城的一家酒店。酒店在看起来是新开发区的大片商铺背后。到酒店一打听，原普洱府留下的古迹只有文庙还矗立在老县城里，但是正在关门维修，因此我们也无法一睹这文庙的真容。入城寻找美食，我们发现在离酒店不是太远的地方，一栋崭新的城楼式建筑矗立眼前。走近一看，城墙上书写 “普洱古镇”4个大字。绕过城楼进去，整齐的仿古建筑街道映入眼帘。这些古建筑商铺大多数都是餐饮店铺，还有一些关着门，看样子人气不是太足。我们在网上寻找了一家干锅鸡餐馆，一路寻找过去。走到餐馆门口，发现这家餐饮店人还比较多，生意不错。老板安排我们坐下，马上杀鸡炒菜，还告诉我们现在只剩下干锅土鸡了。土鸡是正合我们心意的安排，普洱以吃土鸡闻名，比如大红菌炖土鸡，干锅土鸡和黄焖土鸡等都是非常有名的地方特色菜。老板做好干锅鸡端上来，入口果然是土鸡的滋味，鸡肉有弹性，不是饲料鸡那样绵绵的肉质。美餐一顿，回酒店。路遇一家蛋糕店，蛋糕店卖的竟然是茶叶蛋糕，于是乎买了一大块，这可是从来没有吃过的味道。入口很香，但似乎也感觉不出茶叶味。就在酒店隔壁有一家还在营业的茶叶店，虽然天色已晚，这家店面非常大的茶铺还不打算关门。我们走进去询问此行想打听的贡茶技艺传承人李兴昌，结果却开始了一段困鹿山之行的奇遇。

茶铺里有两位中年女性正在喝茶，看我们进去，立即热情招呼我们仨进去坐。茶铺有上下两层，二楼是茶叶堆放仓库，一楼是茶叶产品展示区，四面墙壁都有茶叶货架。货架上茶叶品种齐全，有饼茶、茶膏、竹筒茶等。品牌也非常多，老班章、易武、困鹿山等地的茶叶都有陈列。茶铺进门处还有一张非常大的画板，画板上摆放有笔墨纸砚。看来这个店铺的主人是一位艺术爱好者。

坐下来聊天，得知她们俩一位是郑志兰，一位是高会娟，都是这家茶叶公司的股东。听我们说明来意，郑志兰和高会娟告诉我们，李兴昌在哪里她们的确不知道，但是可以为我们的困鹿山之行指明方向。高会娟拿出糯香普洱茶给我们品尝。我以前接触比较多的是糯香红茶，这次又品尝到了糯香普洱茶，只觉得一股清幽的糯米香气扑鼻而来，非常适合喜爱糯米清香的茶客饮用。上网查询发现，原来让茶叶发出糯米香味的是一种叫糯米香的野生草本植物，尤以云南屏边县的糯米香品质最好。其叶肥芽壮，发芽早，生长期长，叶子柔软，含香草醇等多种芳香成分和对人体有益的氨基酸。可供调配香精，亦可做茶叶配料，并具有独特的糯米清香口感，是理想的天然饮料。当糯米香叶收采时，把叶片采摘下来阴干后，也不需揉制加工，只消将1份糯米香叶与10份大叶种茶叶混合，掺拌均匀，然后密封保存，就是远近闻名的糯米香茶。据《云南省茶叶进出口公司志》记载：美国巴拿马太平洋万国博览会展出有云南省普洱府宁洱县糯茶一封。可见糯香茶在云南不仅历史悠久，还以其独特的品质入选巴拿马万国博览会。

货架上有一款普洱茶膏，一片0.1斤，黑漆漆的长方形。普洱茶膏始于唐，成于宋，盛于清，后随清朝的瓦解而消失。2006年前后，普洱茶膏又随普洱茶的兴起再次复出。由于普洱茶膏复杂的制作工艺，价格高于七子饼。普洱茶膏是速溶茶，冲泡方便，在时间充裕的条件下，若煮饮口感会更佳。这还是我第一次看见茶膏，过去在昆明的茶城里似乎很难见到，现在茶叶产品升值，茶膏又重现市场。在清代赵学敏所著《本草纲目拾遗》中提道："普洱茶膏黑如漆，醒酒第一，绿色者更佳，消食化痰，清胃生津，功力尤大也。"但我至今未品过茶膏，其中滋味不得而知。只是胃寒者应当谨慎食用，不然容易拉肚子。

聊了半天，大家越来越熟悉。高会娟告诉我们，她们的公司还有一位叫王天的大股东。一个电话，王天也来到了自己的店铺。原来王天不仅是大股东，还是宁洱当地的一位油画家，是宁洱县美术家协会副主席，怪不得有这么大一个画板放在茶铺中。

王天个子不高，40多岁，哈尼族，早年毕业于云南艺术学院附中，人生经历曲折丰富。他原本是宁洱县水泥厂子弟学校的一位美术教师，但水泥厂1996年改制，因此他在1997年申请停薪留职，暂时离开学校下海去闯荡。2002年又返回学校继续了5年机修工的生涯，2007年迫于经济压力再一次投身商海。他长期从事本地特有的根雕艺术创作，油画作品也主要描绘普洱、西双版纳等地的美丽山河。2013年，王天创立了"天昱"红木家具企业。也因此，我们在他的茶铺中看见了比较少见的红木茶桌。云南常见的是黄色的楠木茶桌，而眼前这张红木茶桌，作为外行的我也觉得非常精致了，锃亮的桌面，红木的材质，一张又宽又长的大板桌，应该也是价值不菲了。

王天与茶结缘也是和他的出生地有着密切关系。他从小生长在宁洱县宁洱镇谦岗村白沙水村民小组，这里是国家级非物质文化遗产"普洱茶困鹿山皇家贡茶制作技艺"的传承区域，紧靠困鹿山所在的宽宏村。

谦岗村有一块记录当地乡绅在100多年前倡导发展茶叶的石碑，并遗留有当时种植下的茶树。谦岗村还遗存有古代普洱府城连接茶马古

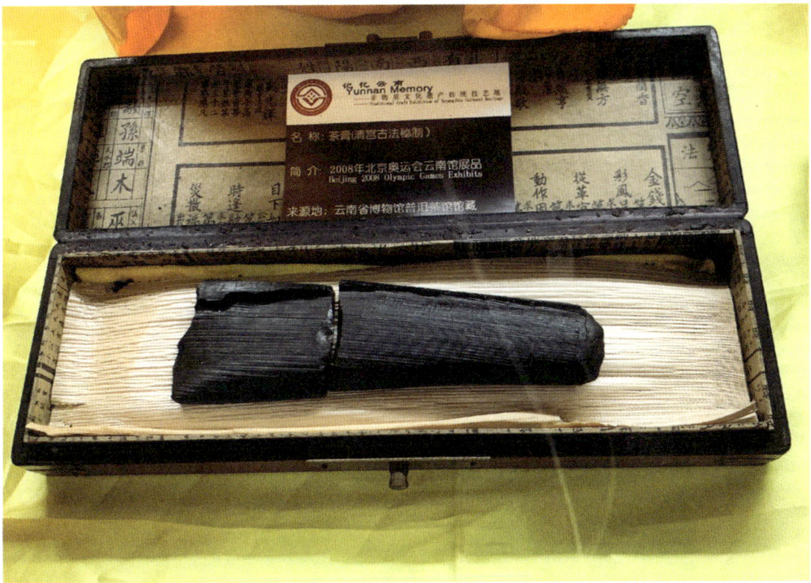

普洱茶膏

道的风雨桥。宁洱作为茶马古道的源头起点，分出东北路、西北路、南路、东南路和西南路5条。其中西北路就是从普洱经景东、大理和丽江进入西藏的茶马古道，途经谦岗村。谦岗村历史上就是普洱茶的主要种植区域，目前还有古茶园和现代茶园5000亩。2005年《中华茶人》还报道过谦岗村普洱茶叶世家周家逸事。周家的老宅旁有一棵老茶树，据石碑推测已经有220年的历史，树高7.15米。周家背靠白草地大山，山上有白草地第一大茶树。这棵巨大的古茶树为野生茶树，生长在白草地小豹子洞，大茶树树围2.7米，离地30厘米处分离为10枝，其中最大的树枝周长有1米，最小的有33厘米。在这棵大茶树周围100米范围内，还生长有树围达到1米以上的野生茶树6棵，小茶树无数棵。

谦岗村是古代普洱府城官方贡茶坊的原料来源地和贡品茶叶制作

基地之一。王天的祖辈们都种植和制作普洱茶，他自小就看父亲种茶制茶，普洱茶文化的家庭熏陶让他励志继承这一祖业，做出好喝的普洱茶，弘扬家乡的普洱茶文化。

2017年，王天、郑志兰和高会娟3位股东发起成立了普洱香江普洱香茶叶有限公司。王天着手研究普洱茶的种植技术和加工工艺。在老一辈制茶的带领下，他不断观摩、反复试验，从茶园中亲自选择鲜叶杀青、揉捻等环节试做，注意在细微处发现加工过程的玄妙之处。当掌握了一定的加工技术之后，他又深入其他茶山，在临沧、西双版纳勐海、景迈山和南糯山等都留下了他观摩学习的足迹。他采下这些茶山的鲜叶，进行制作对比，把各地优良品种与老家传统贡茶在制作技艺与口感等方面进行对比揣摩，为弘扬国家非物质文化遗产——普洱茶困鹿山皇家贡茶制作技艺而尽心尽力。

闲聊之间，王天因我说明要去困鹿山探访古茶园，拿出了“香江普洱香”品牌的困鹿山普洱茶让我们品茗，提前感受困鹿山的滋味。困鹿山的茶叶非常贵，今年鲜叶都要1公斤3000多元。春茶4公斤鲜叶才能做出1公斤干茶，夏茶要5公斤鲜叶才能做出1公斤干茶。也就是说，1公斤毛茶价格就已经上万元了。高会娟把困鹿山茶倒入茶碗，告诉我们，这些茶叶基本就是价值100多元了。先洗茶，接着第一泡，第二泡……茶汤清亮，颜色淡黄，口感上同时兼具香、甘、甜、滑四大特点，即茶香清雅、回甘快速、甜度较佳、汤质醇滑，且喉韵甘润持久，气韵上扬而沉实。可能大家对茶叶回甘滋味的理解较为容易，滑作为茶叶的口感比较难以想象了。因为一般茶叶都有一定程度的苦涩味，涩和滑正好是相反的感受。但是困鹿山的茶的确不苦涩，而且入口滑，这真是我所品过的云南好茶当中独一无二的口感。困鹿山普洱茶不仅口感爽滑，而且非常耐泡。我们七八个人边品味边聊天，20多泡困鹿山普洱茶喝了下去。

原计划第二天一早，我们一行3人自驾前往困鹿山寻访古茶园。没想到热情的王天说他第二天没事，可以亲自带我们前去。第二天一早王天带着他才上一年级的儿子和我们一起向困鹿山进发。出城，王天指着北门外宽宽的马路说，自从普洱地名更名为宁洱之后，这里的300多家茶叶商号全部搬走了。听他说着，我的头脑里浮现出当年普洱茶交易的盛况，商号林立，车水马龙。现如今，道路两旁空空如也，行车通畅。

车出了北门，进入宁洱县郊区，映入眼帘的就是满山的绿色。宁洱县城是一个山间盆地，四周青山环抱，溪流潺潺。宁洱森林覆盖率77.1%，各族儿女仿佛就是生活在绿色的摇篮里，呼吸着最清新的空气。到达困鹿山之前要路过谦岗村，也就是王天的老家。只可惜时间紧，我们没能下车进入村子去看看谦岗村的茶树群。道路弯道很多，车行难以太快。我们终于在行驶31千米后进入了困鹿山所在的宽宏村。

困鹿山海拔1410~2271米，中心地段南北延伸十几里[1]，东西宽数里。山中峰峦叠翠，古木参天，最高峰海拔2271米。困鹿山古茶树群落地跨凤阳、把边两乡，总面积为10122亩，其中宁洱镇宽宏村的困鹿山境内有1939亩，属半栽培型茶树群落与阔叶林混生形成的原始森林。2004年11月、2005年12月和2006年4月，由中国农业科学院等权威机构组织多批专家相继对困鹿山茶树群落进行了3次重点科学考察，并得出结论："困鹿山栽培型茶树有400年以上的历史；其半栽培型（过渡型）茶树已超过1000年。"在困鹿山古茶园400亩的地域内，有120株现存可采摘的古茶树，其株行整齐，年代久远，成为普洱人工种植茶树的典范。据专家考证：困鹿山皇家古茶园被清政府定为皇家御用茶园已有200多年的历史（从清雍正七年即1729年开始）。当年，云贵总督鄂尔泰在普洱府宁洱镇建立了贡茶茶坊，统一制作贡茶，改变了过去云南贡茶虽然好喝，但外形逊色的无序购买进贡的局面。据《普洱府志》记

宁洱困鹿山古树茶第一泡

载，乾隆九年（1744年），清政府将普洱茶列入《贡茶案册》，规定贡茶品种为芽茶和团茶两种。至乾隆五十二年（1787年），又定普洱茶贡茶为团茶（内分5斤、3斤、1斤、0.4斤和0.15斤）、锡瓶装芽茶（其分7色：女儿茶、毛尖茶、芽茶、小满茶、紧团茶、改造茶和金月天）、锡瓶装蕊茶、锦缎木匣装茶膏。云南产的普洱茶在一夜之间就成了进贡朝廷茶产品中的新宠。因此，清阮福在《普洱茶记》中云："普洱茶名重天下，味最酽，京师尤重之。""于二月间采蕊极细而白，谓之毛尖，以作贡，贡后方许民间贩茶。" 当时，每到春天，官府都派兵上山监督春茶采摘、生产，把所有制好的紧压茶全部运抵京城，进贡朝廷。普通百姓根本喝不到这里上好的春茶，困鹿山大片古茶园就成了皇家御用茶园。关于困鹿山古茶园，历史上一直是秘而不宣的。这是因为当初云南生产贡茶很少，根本满足不了王公贵族的需要，更进不了寻常百姓家庭。每年到春茶采摘时，都是官府派兵镇守监制，极其保密，自然不见诸于史籍。因此，这世外古茶园也被增添了神秘的色彩。

进入宽宏村，就开始一路爬坡，我突然看见路边有一所小学，叫宽宏小学。王天告诉我们，别小看这个路边乡村的宽宏小学，它已经有上百年的历史。宽宏小学建于1902年，学校四周古老的榕树拔地参天。宽宏小学由当地文化名人李铭仁筹建。李铭仁不仅重视教育，还为当地茶叶事业发展做出过很大贡献。宽宏小学建校时撰写的对联仍旧悬挂在校内："宽厚为怀，学研新理；宏通致用，校定旧文。"国家级非物质文化遗产普洱茶制作技艺（贡茶制作技艺）第八代传人李兴昌就是宽宏小学的毕业生。

过了宽宏小学，道路坡度更大了，路边的茶树却越来越多了。路过一处茶园，王天告诉我们这是他们公司的生态茶园，山坡上全是不太高的茶树。王天说："他们选择承包经营的茶园一定是在向阳山坡上生长的，这样茶叶的滋味才好。"继续往前，在半山腰一处农家乐门口，王天停下了车。

这个农家乐挂有"困鹿山鲁大生态茶庄"的牌子。茶庄的房屋盖在山路悬崖一侧的公路边。对门靠山一侧则搭有粗大的木头架子，架子上挂有很多条状猪肉。地上生有柴火，正在用柴火产生的烟气熏烤木架子上的猪肉。国庆节山里天气已经转凉，制作烟熏肉正是好时候。山里的土猪肉看起来都非常香。这个烟熏肉制作起来非常费时间，放在火上熏烤要用一整天的时间。

王天进屋跟店主鲁大爹打了个招呼，然后我们继续上车。之前停车我以为已经到困鹿山古茶园了，现在才反应过来其实还没有到呢。车子继续前行20分钟左右，终于进入了泥泞小道，道旁一块大石头上刻有红色的“困鹿山古茶园”几个大字。这时候道路只能容一辆小车前行了。就这样的土路村道路边却有很漂亮的太阳能路灯。

车子沿着颠簸的小路往前开到一座破烂的村屋前停下来，村屋看样子很久没有人居住了。王天说这所村屋就是山下鲁大爹家的房子，为了保护古茶园，村民都迁出了原来的居住地，到山外新修了居住点，因此这些房子基本都废弃了。王天推开鲁大爹家的前门，带我们走到后门。推开后门，下楼梯，就来到坡下的古茶园内了。要是我们自己找过来，真是不可能知道有这么一条便捷通向古茶园的密道。从高处往茶园看，茶林茂密，一眼望不到边。茶园内地势不平，算是缓坡地带。才走了几步，王天就指着一棵古茶树告诉我，这就是挂在他们公司墙壁照片上的那棵大茶树。茶树树根的确很粗，用软尺测量树围有2米粗。茶树分出4个枝丫，枝丫也是够粗的了。树形与景迈山千年万亩古茶林里的古茶树不太一样。在景迈山古茶林里我们能看见的古茶树都比较精瘦，困鹿山的古茶树却都往宽处长，树荫可以覆盖一大片土地。这棵古茶树是云南大叶种乔木型茶树，长得枝繁叶茂，让人感觉它活得逍遥自在，怡然自得。王天带着我们继续往茶园深处走去。茶林里除了高大的古茶树，还有很多矮小的茶树，都是栽种时间不长的，应该是在困鹿

宁洱困鹿山宽宏村鲁大爹家制作烟熏肉

山茶叶涨价之后村民们为了得到更多的收入而补栽的茶树。茶园里还间种有很少量的一些其他树种，比如我唯一认识的柚子树。柚子树没有古茶树高，树上结了好多柚子，果实已经长得比较大了，再过一段时间应该就可以成熟采摘了。我们路过一棵正在开花的古茶树，花蕊嫩黄，花瓣洁白。这还是我第一次看见茶树开花。原来茶树的花期是每年的8—12月。国庆节正值茶树的花期，因此园子里时不时就能看见几朵茶花。

在茶园里走着走着，终于碰见了两个采茶工人。他们就是宽宏村村民，拿着米口袋改造而成的茶叶采摘袋正在采摘那些小茶树的叶子。突然阴沉的天飘起了小雨，两个工人赶紧扎好口袋匆忙离去。下雨是不能采摘茶叶的，不利于茶叶的萎凋。再继续往前，穿过密密麻麻的茶林，终于来到王天要带我们参观的困鹿山茶王树跟前。这棵茶王树被木栅栏围起来，挂着红心黄边的“茶王树”3个大字，从树叶来看属于中叶种乔木型茶树。原以为这棵树应该是茶园里最粗大的古茶树，但是拿着软尺测量后发现，树围1.7米，还没有第一次测量的那棵树粗。树枝有很多分叉。栅栏上还挂有一个牌子，介绍此树主人家的茶叶店叫茗茶坊。

每年春茶开采之季，当地村民都会来到困鹿山皇家贡茶园的茶王树下举行隆重而神圣的祭祀仪式，以表达对自然的敬畏之心，对茶树的感恩之情。祭祀之时，由两位寨子里受人尊敬的男性老人带着下面这些祭品：一只雄鸡，一袋大米，几片茶树叶子以及一瓶白酒，来到茶王树下，念唱起口口相传的经文，村民们有的则手持三炷香闭目祈愿。

与茶王树相邻的另外一棵古茶树则被称为细叶皇后，同样也是被木栅栏围起来。细叶皇后就是小叶种乔木型茶树了，叶片细小，枝头满是浓密的树叶。听说茶王树和细叶皇后每年茶叶采摘量非常可观，茶王树在前两年采摘一次春茶可以让它的主人收入七八万元，这对于常年居住深山的村民来说的确是相当可观的一笔收入了。

宁洱困鹿山古茶园茶花

在茶园里转悠了大半天，王天带着我们从一条小道走出来，回到了停车的那条村道上。沿路有农家栽种的一些蔬菜和瓜果。突然我们看见了平时我们经常吃的洋丝瓜挂在树藤上，但是这个洋丝瓜与平时所见的大为不同，浑身是刺，怪吓人的。王天告诉我们这种丝瓜很好吃，待会儿下山就可以去品尝了。路边的野草丛中还有白色的蝴蝶在翻飞，可见这里又是一块生态宝地，才有已经很难见到的蝴蝶。

宁洱困鹿山古茶园茶王树

下山回到鲁大爹家，这次进屋才看见在餐厅的左边是他们家的品茶室，两张非常大的板桌摆在品茶室中供客人品茶使用。我们坐下来品味困鹿山待客用的很一般的茶叶，口感和古树茶的确差远了。这么贵的古树茶肯定是不可能拿出来招待吃饭的过客的。不一会儿菜上齐了，我们移坐饭桌，果然看见了在山上发现的洋丝瓜，进口一尝，香甜可口。鲁大爹家的烟熏肉味道也不错，配上腌萝卜，虎皮海椒，一顿乡村农家乐饭菜愉快享用。

吃罢，坐下来和鲁大爹拉家常。鲁大爹今年已经66岁了。他们老家是景谷的彝族，后来搬迁到困鹿山定居。他有一儿一女，女儿、儿子都已经成家，全部都住在家里，没有分家。平日里儿女们除了忙茶叶生意，就是在农家乐帮忙。他们的家就在我们下山时路过的迁居房中。山道边新建的成排的现代民居就是普洱市为开发保护困鹿山而给迁出困鹿山古茶园的村民们修建的。民居非常漂亮，3层楼房，白墙青瓦，在二楼还专门建有方便村民晾晒茶叶的大阳台。村民整体搬迁出古茶园，集中居住，最大限度地节约利用了土地，同时古茶树也减少了人类活动的破坏。

鲁大爹家有8棵栽培型古茶树。我问大爹知不知道他家这些古茶树大概有多少年，他说不知道。这些古茶树平均每年每棵树的收入可以有一两万元，再加上农家乐的收入，鲁大爹家的日子早就小康了。在闲聊中，鲁大爹脸上时刻都露出幸福的笑容。茶山人随着茶叶的涨价也过上了幸福的生活。鲁大爹的儿媳妇年轻漂亮，初中文化，从山下嫁过来。这在以前是不太可能的，穷山恶水引不来金凤凰。现在山上茶园的村民富裕了，孩子们成家立业更容易了。

鲁大爹还告诉我，在离他家约有2个小时山路的地方，有困鹿山野生古茶树群。2小时的单程，来回4小时，时间不允许，我们只能告别下山了。

下山回城，更多地留心路边的风景，越发觉得困鹿山这里真是美丽乡村，沿路村居亮化工程非常接地气。村屋采用的都是外地已不多见的青瓦，外墙多为黄砖，与苍翠的青山、浓密的树林和婆娑的竹林相映成趣。

回城，王天聊起他对普洱茶事业的发展规划，目前他们正在筹建普洱古府城茶文化交流协会。我问他："为何要成立这样一个协会？"他说："这个协会的宗旨，一是促进茶马古道上民族文化的传播交流，二是组织、策划茶艺、茶道和斗茶等活动来推广普洱茶文化，三是推动开展普洱茶收藏。"听完，我一阵莫名的激动，在茶马古道的起点，普洱茶遗产地，有着这样一些普通人，默默地在为普洱茶文化的发扬光大而各尽所能！

6.佤山西盟野生古茶树

2017年10月4日，我们一行3人从普洱市出发自驾到达西盟。西盟佤族自治县成立于1965年3月5日，是云南省佤族聚居的边境县，普洱市（原名思茅，2007年改名）辖县，位于省境西南部，西与缅甸为邻。县城距省会昆明625千米，距普洱市225千米。与缅甸佤邦接壤，国境线长89.33千米。2010年第六次人口普查西盟县总人口为9.13万人，少数民族人口为8.39万人，是云南省最小的县城之一。

因上网查阅到西盟佛殿山存活有野生古茶树，我们从普洱市经过思澜公路到达澜沧后，继续向西盟进发。据科学考察，西盟县境内存活有古茶树共五大群落，总面积19.5平方千米（28500亩），均混生在阔叶原始森林中。其中佛殿山野生古茶树群落最大有6平方千米（9000亩），大马散后山野生古茶树群落4平方千米（6000亩），倮铁科山野生古茶树群落3平方千米（4500亩），大黑山野生古茶树群落3平方千米（4500亩），士克山野生古茶树群落3平方千米（4500亩），均生长在海拔1900~2200米的森林中。经测量，最大的一棵古茶树树高18米，基部树围2.8米、胸径0.89米。树形高大，树姿直立，茶树树龄待考。作为中缅边境小县，西盟野生古茶树群落数量多、分布广，形状也具有特色，是颇为壮观和具有开发价值的野生古茶树群落，因此引起了我奔赴西盟考察野生古茶树群落的浓厚兴趣。特别是在看过“布朗王子”苏国文所著的《芒景布朗族与茶》之后，我了解到佤族与布朗族原本同源，帕哎冷的弟弟带着部分族人向西迁徙，形成了佤族部落。苏国文经过调研发现，布朗族和佤族语言70%都是相通的，佤族和布朗族把茶都称作“腊”。因此，我也想到佤山走一走，了解他们兄弟民族的茶文化。

澜沧至西盟是路况比较好的二级路，全程60千米，一个半小时就能到达。在出发前，我心中对沿线风景充满了茂林修竹的想象，想当然地认为这里一定是山不大，而且是森林密布的地域。结果大失所望，一路看不见太多的树林，山也不小，还挺高，山上几乎都是草，草比较深。唯一超乎想象的就是路边的公共汽车站，竹编的长椅、凉棚，佤山风情特色尽显。尽管是国庆节，一路并未遇到太多的车辆。

在2000年3月5日，西盟县城实现搬迁，从老县城勐卡镇搬到新县城勐梭镇。从澜沧去西盟，要先到新县城，才能再去老县城。佛殿山就位于老县城。离新县城11千米远的地方，是博航佤族生态村，终于看见比较多的外地车辆停在路边，村口还有一处观景台。这里山势很陡，村庄在半山腰，观景台在村庄的上面，可以把整个村庄尽收眼底。如果在冬季，此处还是观看云海的绝佳地点，云雾弥漫山谷的时候，阿佤山神秘的色彩更加浓郁。博航佤族生态村是探秘佤族民族文化和避暑避寒的理想之地。只可惜我们急着赶路，只能在观景台往下俯瞰一下神秘的阿佤山村寨。

我们到达新县城时已经是下午。新县城街道旁的房屋果然很新，都是仿佤族传统木楼的现代建筑，构成佤族特色街道。清一色的黄褐色搭配，虽然很有特色，但是看多了也难免审美疲劳。入城寻找酒店，我们发现街道上想要遇见一个人简直是太难了，真不愧是云南最小的县城。找到事先预订的酒店，进大堂一看，这种价格的酒店在其他地方应该是很好了，但在此却只是一个招待所档次的酒店，不过庆幸还比较干净。酒店大堂很小，但是却摆着一张非常大的茶桌，几乎占据了整个大堂的1/3。只有感叹云南边境木材丰富，想看多大的茶桌，就有多大的茶桌。

我们放下行李，进入新县城逛逛，顺便寻找吃晚饭的地方，发现县城就是长长的纵横交错的两条街道。还有一条街道算是城边的公路形成。把这些街道都走完估计最多也就是半小时。在新县城中绕完一圈，也没有找到什么阿佤山特色餐馆，到处看见的却是四川菜馆，于是走进一家四川菜馆勉强打发了晚饭。

饭后散步，我们向县城的中心广场走去，终于看到了人，特别是看到了维持秩序的警察。原来广场上正在举办西盟佤部落音乐节。广场周边都是卖各种零食饮料的小摊贩，音乐节还未开始，广场上都是跑来跑去的孩子。佤族人民也是非常热爱唱歌跳舞的民族，甩发舞是大家都非常熟悉的佤族舞蹈，《阿佤人民唱新歌》更是大家耳熟能详的民歌。只可惜我们长途奔波，实在太过疲劳，没能等到音乐节节目的正式表演。

第二天一早，我们首先来到勐梭龙潭。勐梭龙潭位于县城南侧，美丽的勐梭龙潭与独具特色的西盟佤城相依相伴，勐梭龙潭周边分布有荷塘、湿地、龙摩爷圣地、圣水、蟒蛇谷、盘须岩、祈雨洼、将军吟、猴子崖、仙石凹、赕佛山、千指树、树包石、相思树、聚友滩、缅寺、观碧亭、王冠蕨等20多处人文内涵丰富、景观优美的景点。我们在此只能停留一早上，不可能一一观光，只能直奔传说中的龙摩爷圣地。

进入公园大门，指示牌显示向右方出发就是龙摩爷圣地。没走几步，眼前就出现了一处宽阔的湖面。这就是勐梭龙潭。龙潭是一个天然的热带雨林淡水湖泊，四周林翠山青、环境清幽、山峦叠嶂、碧水粼粼，属断层陷落湖泊，南岸和西岸悬崖峭壁，东岸和北岸地势平缓。龙潭水源主要来源于湖泊底部的地下水，以及山涧小溪和地表积水。此外，勐梭龙潭与境外35千米之遥的缅甸绣球龙潭水脉相通，同清同浑。每年有3天，雌雄两潭“幽会”，导致潭水变浑，因此称为“夫妻龙潭”。

沿着湖边栈道往山上走，树林茂密，见识了很多从未听说过的树种，比如火烧花、羊蹄甲和一担柴。随着越爬越高，山路越来越窄，树林也越来越密。不经意间，山道边的木扶梯上突然就出现了一些悬挂在上面的牛头，密密麻麻，挂满整个扶梯。往上走，牛头越来越多。最后

西盟县勐梭龙潭正门

穿过一座小桥，眼前出现一小块平地。平地左前方立有一块石碑，书写着“龙摩爷圣地”几个红色大字。抬头往高处看，有一泉水从山顶流下来，经过刚才那座小桥，汇入山下的龙潭。泉水清澈，叮叮咚咚。龙摩爷圣地就在这样一处依山傍水的灵秀之地。平地正中间是一挂满牛头的圆柱体，右前方还有一挂满牛头的圆柱体。周边的树上还有很多牛头，极具视觉冲击力和心灵震撼力。如果不了解佤族文化，可能觉得这里有那么一丝血腥。“龙摩爷”是佤语发音，“龙”是森林，“摩爷”是水牛头，意为挂牛头的森林圣地。当佤族民间举行重大活动或者解决部落与部落之间复杂的矛盾和纠纷时，就把水牛作为活动最好的吉祥物，举行盛大的剽牛活动，并把牛头保存在“龙摩爷”，渐渐地，“龙摩爷”里的牛头越来越多。

西盟县勐梭龙潭龙摩爷圣地

由于必须在下午赶到佛殿山，我们只有赶紧上路。通向老县城的路况也不错，只是山路弯弯，但时不时还能发现一些漂亮的风景，特别是在路边终于看见了茶园，都是一些灌木型茶树茶园，看来栽种时间不是太长。约半小时左右我们到达了勐卡镇。曾经是一个县城中心的勐卡镇地势不平，街道不宽，也看不到什么人。我们继续跟着导航往佛殿山进发。

路越走树林越茂密了，感觉进入了原始森林。佛殿山究竟在哪里？我们想找个路人问问，无奈真的看不到人。最后在一个岔路口看见指示牌，前方10千米就是国门。我们赶紧停车，不能再往前去了，又不是要出国。我们折上岔路口的另外一条路，跟着导航往佛殿山佛房遗址而去。不一会儿在一处空地导航说已经到达终点。可是这里什么都没有，只有草地和几个石头墩墩。上网查看，原来这里就是佛殿山曾经的三佛祖佛房遗址。据有关资料记载，三佛祖佛房由拉祜族朱阿霞始建于清代同治末年至光绪初年，至今已有120多年的历史。原建盖有土木结构佛房4栋，“三佛祖”大殿在正房中央。如今的三佛祖遗址就剩下几个石堆，几道残墙，在烈日高照下显得极度苍凉。不知道野生古茶树在哪里，也没有人可问，只好继续沿道路往前。突然，路边出现了一池清丽的湖水，这肯定就是传说中的佛殿山天池了。果然湖边石头写有“佤山天池”4个大字。停车走向湖边，终于碰见了两个人。一问原来是当年在此当过兵的贵州人，已经退休，夫妻二人从贵阳出发，经过1000多千米的长途跋涉来此故地重游，看得出来对西盟充满了感情。他虽然在此当兵，但没有听说过野生古茶树。我们只好继续往佛殿山深处开车而去。

道路越来越窄，然而还是非常好的水泥路面，看不见人，心中越来越虚。走了大概10分钟，终于看见有农家户在左边岔路的不远处。我跳下车，一个人往农家户而去，只听得农舍里发出各种动物的叫声，有狗，有鸡，有鹅等。但是走到跟前发现，哪里有人哦。农舍四围严严实实，进不去，看来是一处家禽和牲畜养殖场，而且根本不用人看管，关上门就行，因为这里几乎不会有什么外来人员。

失望返回车中继续往前，又走了大概20分钟，终于看见了一片美丽的现代茶园。茶园整整齐齐，茶树上插着黄色和蓝色的方形纸片，我们猜测这是标明茶园是谁家的吧。沿着茶园道路前进，出现了一个大门。原来这里是佛殿山上的一家茶叶公司，叫西盟水木农业开发公司。公司有两层楼的办公室一幢，可能国庆节放假，办公室大门紧锁，没有人。前方还有一些房屋，看起来是职工居住的平房，我们赶紧前去找人询问。结果那么几排房前只有一个带孩子的年轻妇女，她说工人们都上山采茶去了，她没有听说过野生古茶树。失望而归，却正好碰见一个采茶归来的佤族男性，皮肤黝黑，还好能听懂普通话。他告诉我，野生古茶树在离茶厂两个小时山路的原始森林当中，他也没有去过，但是汽车是进不去的，只能走路。我们听罢只有放弃，看来想看野生古茶树只能下次做好进入原始森林的准备，带上各种装备才能前去了。这个佤族工人还告诉我们，原来茶园里茶树上插的蓝色和黄色方形纸片是灭虫纸，物理灭虫法，不用农药，保证生态茶的生产。我们出门走进茶园仔细看，那些彩色纸片上果然都是些被粘住的蚊虫。

回程进入老县城的一家四川菜馆，老板娘拿出一种野生绿色的果实来给我们吃。我们从未见过这样的果实，绿色圆圆的小果实，咬一口很甜。店主人家来自重庆铜梁，老板娘50多岁，女儿20多岁，老板娘手上抱着还是婴儿的孙子。祖孙三代在遥远的边陲定居落户，开餐馆为生，与边疆少数民族和谐共处，其乐融融。

就在本书要出版之际，听闻云南普洱茶古茶园保护第一人何仕华

西盟县佛殿山佤山天池

先生介绍，在佛殿山佛房遗址的周边山上，其实就有很多的野生古茶树。只是当时的我并没有亲眼见过野生古茶树，即使看见了，也不会认出这就是我千辛万苦要寻找的野生茶树。

7.镇沅千家寨野生古茶王树

镇沅千家寨是全球重要农业文化遗产“云南普洱古茶园与茶文化系统”认定的三大遗产地之一。千家寨以发现的距今2700多年的野生古茶树而闻名于世。

镇沅千家寨野生古茶树，地处北纬24°7′，东经101°14′，海拔2100~2500米。千家寨古茶树群落总面积达28747.5亩，分布在哀牢山国家级自然保护区的原始森林中。哀牢山国家级自然保护区地跨云南省楚雄、双柏、景东、镇沅、新平5县，属于森林生态系统类型自然保护区，以保护亚热带中山湿性常绿阔叶林生态系统和黑冠长臂猿、灰叶猴和绿孔雀等珍贵野生动物为目的。哀牢山国家级自然保护区是我国目前保护面积最大、植被最完整的亚热带中山湿性阔叶林保护区。

野生古茶树是国家二级保护植物。千家寨野生古茶树群落是目前全世界所发现面积最大、最原始、最完整、以茶树为优势树种的植物群落。在这个群落中，有第三纪遗传演化而来的亲缘、近缘植物如壳斗科、木兰科、山茶科等植物群。野生古茶树主要分布在千家寨范围的上坝、古炮台、大空树、大吊水（瀑布）头、小吊水头、大明山等处。

千家寨位于镇沅县九甲镇，九甲镇和平村群众很早就知道千家寨有野生茶树，每年春季都有一些人进山采摘野生茶加工自用或出售。直到20世纪70年代中期，九甲乡政府组织人员在千家寨一带勘测拟建设水库和电站，才发现有大片古茶树。

1983年春，和平村大黑肼社社员罗忠祥在小吊水头发现了2号古茶王树，县茶叶站负责人杨钊得知后，实地察看了这棵树，并奖给罗忠祥200元。后普洱地委宣传部对2号茶王树进行了电视摄像和摄影。千家寨有野生古茶树的消息在各种媒体上广为传播。1991年春，大黑肼社的村民罗忠甲、罗忠生两兄弟在千家寨上坝发现1号野生古茶王树，媒体再次聚焦千家寨，这里发现了最大、最老的野生古茶树的消息一时轰动全世界。

1996年11月12—17日，哀牢山国家级自然保护区云南省镇沅千家寨古茶树考察论证会举办。专家们根据已掌握的茶树生理生态资料和勐海南糯山大茶树已知确切树龄（800年），结合千家寨古茶树地理纬度、海拔与水热状况等资料综合推算，千家寨上坝古茶树树龄为2700年，定名为千家寨1号；千家寨小吊水头野生古茶树树龄为2500年，定名为千家寨2号。会议形成了《哀牢山国家自然保护区云南省镇沅千家寨野生古茶树考察论证会纪要》和《哀牢山国家自然保护区云南省镇沅千家寨野生古茶树考察论证意见》。

专家们对千家寨1号、2号大茶树进行了植物学形态的特征分析：

千家寨大茶树1号所在地海拔2450米，乔木树型，树姿直立，分枝较稀；树高25.6米，基部干径1.12米，胸径0.89米，生长正常。叶片平均大小14厘米×5.8厘米，椭圆形，叶色深绿，有光泽。花冠大，花瓣白色，每朵平均14瓣（1~15瓣）。抗逆性强，未见冻害，现场未见病虫罹生。

千家寨大茶树2号所在地海拔2280米，乔木树型，树姿直立，分枝较稀；树高19.5米；最低分枝10米，基部干径1.02米。

从昆明出发，经玉溪下辖的新平县嘎洒镇，再经过镇沅的者东，才能到达千家寨。这条路，只有到新平出口前的昆磨路是高速，其余全程是省道、县道或者村道，还有保留完好的茶马古道。

2018年国庆小长假，带着对2700年野生古茶王树的向往和研究的需要，我第五次踏上了前往“云南普洱古茶园与茶文化系统”农业文化遗产地的行程。一路风雨相伴，堵车不断，严重耽误了当天就一路开到镇沅的计划，只能半路停留在新平县嘎洒镇。

为了能尽早到达千家寨探寻古茶王树，在嘎洒滞留一夜后，我们在清晨的小雨中继续启程，一心只想能快点到达九甲镇千家寨。查询导航，就没有千家寨这个地方的定位，只能先导航到九甲。路途导航显示从省道直接进入了无名道，走着走着，大雾弥漫，在雾最浓的地方，我这深度近视眼已经无法看清楚山路了。这样的路况严重耽误了我们的时间和计划，千辛万苦4个小时之后，终于在正午12点到达九甲镇政府门口。我们跳下车冲进对面的派出所询问千家寨景区，一个帅气的年轻小伙子告诉我还有19千米，我赶忙打电话询问热心的袁瑞一妈妈给我提前找好的向导李美永，这个时候我们赶过去还能不能进入景区？小李说没问题，我一颗心才石头落地般轻松下来。

根据警察的提示，我们继续驱车向前，路况非常不好，就是相当简陋的乡村公路。不仅地面有塌陷，道旁还经常提示有落石。开了10多千米，突然看见路边有一处简易房屋，下车询问景区停车场。一个显得很年轻的小伙子跑出来问我是不是找他当向导的，我说是啊，于是邀请他一起上车前往景区停车场。小李上车没有多久，一个巨大的瀑布突然出现在我们眼前，虽然没有南恩瀑布那么大，但是也小不了多少。特别是昨晚以前，景区一直在下雨，因此瀑布水量比较大。最让人揪心的是我们必须要从瀑布底下开车过去。我惊恐地说："这怎么可能，算了，回去吧，太危险了。"我曾经看见朋友照过瀑布下停着一辆汽车，原来就是这里。当时他们前来正值春节，属于旱季，水量不大，汽车停放在瀑布前，还不失为一幅漂亮的风景画。而我们今天前来，瀑布变得如此凶险，倾泻而下的水流冲击到地面的公路上，声响已经让人胆寒了。还好金牌向导李美永在我们车上，他说："没问题，刚刚已经过去好几辆车啦，我即使骑摩托车也能过去。"在他的鼓动之下，我们才没有打道回府，闷头冲过了瀑布。当车子经过瀑布之下时，巨大的水流冲击在我们的车顶之上，发出阵阵闷响。等彻底通过，我已腿软手软，想掏出相机来拍摄紧跟我们的后方车辆，也实在是力不从心了，很遗憾不能给读者提供这惊险刺激的瀑布穿行美景照了。

随后进入景区停车场，看着也就是三五辆越野车之类的停放在此。看来能鼓起勇气穿越瀑布进入的人是少之又少的。还好今早开始，雨过天晴，继续下雨的话，肯定是只能放弃所有计划的。我们带上提前准备好的干粮、水、相机等装备出发。向导告诉我们，进入景区的公路是李宁集团捐资才得以修建，感谢李宁集团，我们今天才能驾车前来。而登山前往千家寨景区管护点的石阶小路和管护点房屋还有天福集团的捐资。抬头仰望必须拿出体力才能爬上去的大山，不是太高，但是也不能说不高。一股山间瀑布从山巅飞流直下，非常壮观。这就是千家寨著名的大吊水瀑布。

我们下午2点开始爬山。山势陡峭，眼前除了绿色，就是台阶，而且是望不到顶的台阶。心中牵挂着茶王树，一路急行，小李忍不住夸赞我们爬山能力不错。2时40分左右终于到达管护点。这里有大铁门，这道门只在国庆和春节黄金周开放，其余时间游客是不允许进山的。来不及在管护点休息，我们继续往前。离管护站100米的地方是神秘的千家寨遗址——石板砌的关隘寨门，石块垒的房墙犹存。过了管护站，就是山间小路了，风景也越来越美得无法言说。千家寨林海茫茫，古木苍苍，蔽日遮天，才3点多就觉得似乎天要黑了。我们沿路顺着蜿蜒流淌于原始森林中的嘟噜河水旁的小路前行。嘟噜河水四季清亮澄碧，明洁如镜。河水时而漫流滩石，轻吟低唱；时而悬瀑深落，水声如雷。就在这山间小路上，和我们请同一个向导的小朋友突然叫起来“这就是古茶树啊”。我仔细一看，路边高大笔直的大树上挂着一个标识牌，上面写有“野茶树”，保护级别是濒危。

原来这就是野生古茶树，只是最粗、最大、最古老的一棵在离管护站2.3千米外的山顶上。仔细留心身边密林，又发现了好多野生古茶

镇沅千家寨大吊水瀑布

树。看来野生茶树还真是这里的优势树种。我们必须抓紧时间，从山下停车场算起，往返需要5个多小时。我们2点才上山，意味着7点才能下山回到停车场。这时走过一片沼泽地，小李说前几天熊还频繁在此出没，吓得我们叮嘱同路的小朋友，不要自己跑了没踪影，小心被熊拖走了。小李还说山里有蚂蟥，我知道蚂蟥的厉害，但也没有当回事，只管催促大家往前走。突然，一条河出现在眼前，河面不算宽，

镇沅千家寨美丽的嘟噜河水

但是桥被冲断了，只看见对面还有一截断桥没有被水冲走。小李很无奈地说，前两天桥还在，这几天的大雨刚刚冲断了。怎么办，蹚水过河吧，我们迅速脱鞋，卷起裤脚，拉着小李的手走过去，孩子们就背在小李的背上，太像要去西天取经了。过了河继续向前，又是河。有些河上还有独木桥，小李跳到水中，扶我们走过去。尽管这样了，同行的一位女汉子还是不幸在桥上摔倒，还好没有掉进河里。后来我们再经过必须蹚水而过的河流时，已经懒得脱鞋和卷裤脚了，穿着鞋子涉水而过。大约4点，我们终于走到了一处标有千家寨世界野生茶王树的大树面前。树好高，都没办法拍到树尖。小李告诉我们，这是3号树，1号树还在一千米远的地方，他最多20分钟就能走到。我们一听顿时就泄气了，因为小李口中的20分钟，我们至少是1个小时。特别是心

镇沅千家寨 3 号野生茶王树

中还牵挂着要去访谈发现1号树的村民，为古茶园留下一部有价值的口述史。尽管小李觉得我们都已经到这里了，不到1号树太可惜了，我们还是决定要立即返回山下。这时候同行的女汉子才说她半路就想返回去等我们的，毕竟她下山还要开车，但是又怕一个人遇上熊瞎子，只好硬着头皮跟我们同行。

3号树树形修长，高度20米多一点，打破了我见过的最高的茶树——西双版纳易武茶王树（已经死去，12米多）。3号树只有树顶有一些分枝，冠幅不大。听小李说1号树冠幅非常大，与3号树树形差异很大。由于时间关系我们不能继续前往，又留下一点遗憾吧。

返回的路上，一个同行的男子汉发现自己被蚂蟥咬了，血不停地流。最要命的还是冰冷的河水冻发了他的关节炎。而我也够呛，居然和向导一起摔进了比较湍急的河水中，我的相机、手机全部落水，但是我还忙着紧紧抓住向导小李的手，怕他站立不稳被河水冲走。我们的驾驶员下山时，脚下一滑，摔了一大跤，手都蹭破皮了。还是小朋友们没啥事，而且其中一位小朋友还告诉他的妈妈，这趟行程太有意思了，惊险又刺激。

下山换了我湿透的衣服，马上开车前往大黑肼村小组寻访第一个发现1号树的村民罗忠生。1983—1991年，有3个村民先后发现了1号树和2号树。但是其中两人已经都去世了，如果再不去寻访剩下的最后一人，也许真的就来不及为古茶园留下一部有价值的口述史了。从千家寨景区过去大黑肼，道路崎岖艰难，我们心都提到了嗓子眼，还好有向导一路安慰，我们顺利前行并找到了罗忠生。他的家比较宽敞，夫妻俩务农为生，罗忠生还拿出了政府颁发的奖状给我们看。访谈中一个忠厚老实的农民形象就在眼前。回程，我的大学班长微信留言让我帮他购买好茶，我告诉他明年一定帮忙预订，也算是对发现者的一种资助。云南众多的野生或者过渡型古茶树，都只能采摘春茶，而且这两种类型的春茶相当好卖。罗忠生家还有家茶没能全部出售，可见市场对于古树是有偏好的，这也激发了村民进山捡野生茶树茶籽来栽种的行为，但这种行为已经被政府明令禁止。哀牢山国家级自然保护区，的确也需要切实的保护措施，防止这一片如此美丽的净土遭到人为破坏。

离开千家寨，心中祈愿这片净土能长久地纯净下去，不要有过多的外界打扰。

二、普洱茶的生长环境

普洱市的普洱茶山在人迹罕至的地方几乎遍布古茶园，这些古茶园生态良好，空气清新，风景优美。走过普洱古茶山，几乎都可以发现，云南著名的普洱茶古茶山茶树生长环境呈现出以下显著特征。

1.丰富的生物多样性

1800多年前，芒景村布朗族的先民们在景迈山森林中种植茶树，但没有将其他的林木砍伐殆尽，而是让茶树和高低错落的不同植物共处，保留了森林的生态多样性，茶叶因此无须人工施肥。在自然生态的作用下，各物种间互惠互利，也彼此制约，抑制了古茶园病虫害的暴发。

景迈山古茶林成片存在于次生林中，与西双版纳州布朗族古茶园相似，在人为管理下，套种各种花草树木，形成具有上、中、下3层的复合结构模式。其生态系统在结构和功能上与天然林相似，群落结构大致可分为乔木层、灌木层和草本层。古茶园的上层主要生长着红椿、榕树、董棕、红锥栗、杨梅树、柿树、樟树等高大乔木；中层主要是疏密不均的古茶树、樟科、山茶科、豆科、杜鹃花科等植物；下层为荫生姜科、禾本科和蕨类、药材、野生蔬菜等草本植物。笔者于景迈山布朗族芒景村调研期间，在芒景布朗风情园内偶然发现一棵其黄色花朵正在怒放的绿色植物，询问“布朗王子”苏国文老师后得知，黄色花朵乃姜花。他还说茶园与姜花共生，茶叶香气自然独特。

笔者在墨江碧溪古镇上街三组老虎嘴茶园调研时发现，其村民在生态茶园中套种杉木、八角等植物。采摘的茶叶品尝起来回甘味就特别甜。

困鹿山皇家贡茶园内套种植物种类不多，物种较为单一，茶树密度过高，因此能留给套种植物的空间有限，只是偶尔见到一些其他树木，比如柚子树。这也许就是困鹿山古树茶口感虽然润滑，但是缺少茶叶山野香韵的原因吧。

2.科学的民族传统农耕生态智慧

景迈山古茶林保护在政府的积极推动下已于2012年入选《中国世界文化遗产预备名单》。景迈山古茶园的茶树在天然林下种植，是最为古老的种植方式。古茶林的开发管理有一套行之有效的民俗文化保护机制。

芒景古茶园设有防护线，一条宽约40米的从来无人砍伐过的原始森林带围绕在茶园周围，具有防风、防火、防霜冻和规范人们行为的作用。在防护线以内除了栽种茶树以外，不可以栽种其他农作物。布朗人的茶园内，每一个农户每一块地都会有一棵茶魂树，即每一块茶地里举行仪式后种植的第一棵树为茶魂树。茶魂树在监督着任何进入茶园的人自觉遵守规范。每年春茶开采前，要算好日子为茶魂树献礼。

三、完好的古茶园遗产成因

从普洱众多的古茶园归来，古茶园交通的困难一直在我脑海中挥之不去。颠簸的道路让人头脑更加清醒，这些古茶园遗产为何留存得如此完好？仔细想想，主要有以下几方面的原因吧。

1.茶园所在地群山环抱、交通闭塞，古茶遗世独立

在我们前去普洱市思茅区老安寨古茶园的路上，一直在山上绕来绕去，翻过一座山，还有另一座山。一路偶尔碰到上山捡菌的人们，除此之外，几乎见不到其他人。村民都集中居住在寨子中，离老安寨古茶园都有相当的距离。进入老安寨古茶园的路几乎就是汽车强行开辟出来的黄土路，道路两边林木丛生，不时有倒下来的树枝拦路，驾驶者需要自备砍刀才能顺利前行。而且能通车的路就是那么一小段，剩下的路摩托车也不能通行，需要上坡下坎，过桥爬山，还要不时抬脚跨过到处倒下来的枯木败枝。茶树基本都生长在斜坡上，有很多都非常高大，想要采摘得爬上去，因此云南十八怪有一怪就是“老太爬树比猴快”。每年采茶季节，村民们进山采茶也只能肩挑背扛，不是因为古茶树身价倍增，估计这古茶园也无人问津吧。

景迈山古茶园位于中缅边境，交通也非常不便。从澜沧县城没有非常便捷的直达车上山，目前虽然开通了定时公交，但是班次少，难以满足快捷上山的需要。山路颠簸，当初为保护景迈山古茶园，专门设计了搪石路，在山上多跑几圈，头都颠昏了。而且山体面积很大，村民们采茶都只有借助摩托车，游客们没有车前去观光是非常不便的，因此这样的交通状况间接限制了更多的人流观光对古茶园的破坏，特别是在景迈山古树茶价格不断上升的今天，村民们更加强化了保护意识，景迈山古

茶林得以继续吐露芬芳，像一片无边的绿色海洋！

西盟佛殿山古茶园位于西盟老县城，顺着佛殿山公路前行，能看见国门距此10千米的标牌。我们自驾往佛殿山佛房遗址寻过去，原始森林就在眼前。一路几乎见不到人。绕过佤山天池，路越来越窄，心越来越虚。还好在路的尽头见到一家现代茶厂，询问其中的佤族小伙，得知要想看到佛殿山野生古茶林还得走路进山，没有向导就会迷失在原始森林之中。普洱市是云南的绿洲，森林覆盖率高，生物多样性丰富，群山起伏，很多村寨的交通状况在美丽乡村政策的支持下才得以改善，但是古茶园一般都在远离村寨的山林之中，因而能够遗世独立，直到今天身价倍增，重回大众视野。

2.由于生长环境被人嫌弃或主人的懒惰，古茶幸免于难

孟连芒中古茶园因为没有太大的名气，几乎不为大众所知。古茶树产量通常比不上台地茶，因此在孟连一般地势较为平坦的地方已经见不到古茶树了。剩下的成片的古茶园都在地势不好的斜坡上，或者零星地存在主人家的田间地头。这里的古茶树不是特别高大，因为人口增长的压力，在20世纪末曾经大量砍伐栽种玉米。在我们从芒中古茶园返回进入傣族民居避雨的时候，热情的女主人就指给我们看她家门口田地曾经被砍断枝叶的古茶树，如今又发出了新芽。

云南的古茶树在20世纪80年代曾经被大面积砍伐过，特别是在人口较多的临沧地区。例如临沧凤庆县今天留存着一棵大约3200年的栽培型茶树锦绣茶祖，它高大、粗壮，枝叶繁茂，显露着蓬勃的生机。但它孤独地矗立在斜坡上，周边较远的地方偶尔零星地有几棵幸存的茶树。询问当地人才知道，原来这棵茶树的主人是一个懒惰的五保户，懒于砍伐茶树栽种其他农作物，而周边的其他勤劳的农户在20世纪几乎把古茶树都砍伐了栽种玉米，因此锦绣茶祖是如此的孤单。没有成片的古茶林，只有它独自静静地看着世间百态、世事变迁。

云南临沧勐库镇普洱茶品质非常好，尤其是勐库冰岛村的茶以贵闻名中国。在笔者前去调研的路上，所见所闻都是20世纪勤劳的勐库人砍伐了大片古茶树栽种玉米，而冰岛村由于地势险要，耕作困难，所以他们懒于砍伐，今天在普洱茶价格走高的市场行情中这些古茶树成了摇钱树。我曾经在一年半的时间内两度赴冰岛村，村容村貌变化之快让人惊叹。

而普洱市所辖各区县因为人口较少，生存压力较小，大片的古茶林得以完整保留下来。普洱景迈山千年万亩古茶林不仅保存完整，而且吸引了全球的爱茶人士，一个法国小伙还迎娶了芒景一个布朗族姑娘。我们走过的思茅区、墨江县、西盟县等大片的古茶园是很难见到村民的，没人带路根本不可能找到古茶园。孟连县芒中古茶园已经在祖国的边境线上，长期人口较少，只有少量傣族人民居住在这里。这里土地肥沃，地势平坦，风景优美，出产丰富，这样一块宝地在新世纪已经被人们发现。当我们于2017年夏天走进孟连芒中的时候，大量的重庆人已经定居在此地，使人口比过去增加了很多，而且大片的现代茶园在外来劳动力进入后得以开辟。庆幸的是由于古茶的身价与日俱增，还未被砍伐的遗留古茶树今天得以受到保护。

3.保护古茶园，爱茶人士一直在路上

在思茅制茶、爱茶和收藏茶的人当中，何仕华这个名字很是响亮，因为他在对普洱茶古茶树、古茶园以及古茶资源的研究、保护、开发利用方面很有建树，被誉为“中国古茶第一人”。2018年，在朋友的介绍下，我有幸拜访了何老先生。他约我在昆明雄达茶城相见。

何仕华，思茅市（今普洱市）普洱茶文化研究会副会长、昆明民族

茶文化促进会副秘书长，平素为人风趣幽默而亲切，没有半点架子。我和他在昆明雄达茶城聊起了普洱茶古茶园的保护利用。

当年作为思茅地区外贸局主管茶叶生产的副局长何仕华，他相信思茅这片古茶树的发源地一定会生长着更为古老的茶树。为了证实这一想法，何仕华走遍了思茅地区境内的山山水水，向无数的茶农调查和探访古茶树可能存在的地点。

功夫不负有心人，1991年3月，何仕华得到了当地茶农送来的消息。思茅市澜沧拉祜族自治县富东乡邦崴村新寨寨脚的园地里，有一棵很古老的茶树。但是因为产量不高，主人正打算把春茶采摘之后就把它砍掉。

何仕华立马赶到了邦崴村，只见一棵树冠挺拔、枝叶茂密、生机勃勃的古茶树屹立在眼前。何仕华在欣喜中仔细考察了这棵树的树高、树幅和直径，还收集了花、果、壳和样茶的标本。为了进一步弄清这难得一见的古茶树的情况，何仕华找到了这片土地的承包者魏壮和。没想到魏壮和是位哑巴，他的妻子赵云花讲了这棵古茶树的故事："这棵大茶树在我们刚开始记事的时候就是这样大了。几十年不见长大，一直就这样。每年的产量只有10多斤，夏茶不怎么发。树太大还遮住了太阳，粮食种不出来。今年采完春茶后就要把它砍掉了。"何仕华一听急了，赶忙向两口子详细讲述了这棵古茶树的重要价值和意义。随后，他又找到邦崴村村长和富东乡乡长，要求他们把保护这棵古茶树列在村规民约里。

何仕华老先生说："当天我考察了这棵茶树的树高、树幅和直径，收集了茶花、茶果、茶外壳，以及叶片和茶树的标本，进一步了解和弄清这难得一见的古茶树的情况。经过仔细研究后，发现这棵古茶树茶叶的厚度、叶脉、叶齿、花果等跟野生茶叶都不大一样，便怀疑这会不会是古茶树从野生到栽培的一种过渡品种。”当他带着标本回去用科学方法进行化验分析后，结果更是令人感到奇怪：这株古茶树所含的化学成分和细胞组织结构与栽培型茶树相同，但树冠、花柱、花粉粒、茶果皮等特征却与野生茶树接近。何仕华老先生怀疑：这会不会是古茶树从野生到栽培的一种过渡型？而在当时，茶学中对古茶树的分类只有野生型和栽培型两种，从未有过“过渡型”的记录。

“这不能贸然地下结论，我们不断地邀请同行专家前来考察。从1991—1992年，先后组织了三次国内专家的考察论证会。1993年，又组织了一次空前规模的国际研讨会，参会的专家学者来自9个国家和地区，将近200人，大家都一致认定，这的确是以前从来没有发现过的、从野生型向栽培型过渡的过渡型茶树，树龄在千年以上。”何仕华老先生给我提起这几次论证会还记忆犹新，非常激动。专家们的考察论证证实了何仕华老先生的设想。邦崴过渡型古茶树的发现震惊了全世界。它填补了茶叶演化史上的一个重要缺口，同时也是中国是世界茶叶起源地、云南思茅是世界最早种茶之地的最有力的证据。邦崴过渡型古茶树，被视为中国的“国宝”之一。

如果说邦崴过渡型古茶树的发现，是何仕华老先生前半生最骄傲的事，那么壮心不已的何仕华老先生现在最关心的还是古茶树资源的保护开发和普洱茶文化的宣传。退休后，何仕华老先生担任了思茅古普洱茶叶有限公司、滇桂茶厂、大渡岗茶厂等多家茶厂的义务技术顾问。近几年，他指导研制出了一批普洱名茶，为昆明民族茶文化促进会、广州茶文化促进会、深圳罗湖区普洱茶研究会和昆明建城1240年纪念等活动精制了纪念茶饼。经何仕华精心制成的景迈古树茶纪念饼，分别被陆羽博物馆和广州茶文化促进会收藏。除了茶叶生产技术环节的指导，何仕华还积极参与古茶园保护规划项目。访谈中，他给我介绍他不久前参与了景谷县黄草坝古茶园保护规划项目。

作为思茅古茶资源最早的发现者、宣传者和保护者，何仕华看到近几年随着普洱茶的兴旺和人们对古茶的渴求，一部分古茶树受到了过度采摘和损害，这让何仕华等云南普洱茶茶界的专家们非常焦急，积极为云南省委、省政府以及地方政府献计献策。

听闻我正在进行云南普洱茶古茶园保护利用项目的研究，何老先生痛心地说："这些在大自然环境中平平安安生长了上千年的古茶树，要是在我们这一代人的手里毁了，那绝对是不可挽回的损失和罪过。"

像何仕华这样爱茶、护茶的各种人士不仅仅在普洱市，在云南其他地方还有很多。他们中有政府官员，还有茶企负责人。保护古茶园，彩云之南爱茶人士一直在路上。

注释

[1] 1里等于500米。

古道基本是陡坡，都砌有石阶，石阶有人工打造的条石，也有天然的块石，经过人、牛、马的踩踏，变得很光滑，仔细观察可以看到一些石阶上还留下了深深的蹄印……

一、茶马古道小知识

不同于今日的科技发达、交通便利，普洱茶可以通过网上订购远销海外，古代普洱茶制作完成后，如何运往普洱茶的消费地？茶马古道就是普洱茶外销的运输通道。茶马古道存在于中国西南地区，是以马帮为主要交通工具的民间国际商贸通道，是中国西南民族经济文化交流的走廊。茶马古道历史悠久，直至第二次世界大战中后期仍然兴盛。茶马古道分陕甘、陕康藏、滇藏路，连接川滇藏，延伸入不丹、尼泊尔、印度境内，直到抵达西亚、东非红海海岸。2014年西藏阿里故如甲木墓地和曲踏墓地考古发掘出距今1800年左右的茶叶，可见茶马古道上茶叶的运输历史非常久远。丽江古城的拉市海附近、大理州剑川县的沙溪古镇、祥云县的云南驿、普洱市的那柯里是保存较完好的茶马古道遗址。

茶马古道始于普洱市宁洱县。2015年6月27日，“茶马古道源头地理标识”石碑落成于宁洱县茶源广场。石碑高4.1米，宽3米，厚0.7米，刻着经度、纬度、海拔等地理信息及茶马古道简介。北有丝绸之路，南有茶马古道。据《普洱府志》记载：以普洱府为中心，共有5条茶马古道。第一条就是通往北京的官马大道。贡茶马帮从普洱府出发，北上过云南府经滇阳驿至京师皇华驿进西华门，共经97个驿站，9000多里。路上需走3个多月的路程，驿站提供马匹换马，官兵护送。第二条是途经大理、丽江、香格里拉，最后到达拉萨的滇藏茶马古道，可谓一条海拔最高、通行难度最大的古道。这条古道今天在大理市、丽江市和迪庆州等地都有保留下来的部分路段遗迹。还有3条分别通往老挝、越南和缅甸，普洱茶被带到东南亚和南亚各国。从省府昆明出发到边陲普洱重镇，迢迢千里茶马古道，一般来说要走17个马站，并且要渡过3条大江，爬过6座大山。3条大江第一条是元江（又称红河），第二条是阿墨江，第三条就是把边江。6座大山第一座是玉溪境内峨山化念镇老鹰坡大山，第二座是玉溪境内元江北岸的青龙场大山，第三座是元江南岸的咪哩大山，第四座是普洱境内阿墨江北岸的老苍坡大山，第五座是阿墨江南岸、把边江北岸的通关梁子，第六座就是普洱境内把边江南岸的困鹿山。目前在普洱境内还保留有多段茶马古道，在景迈山景迈大寨和宁洱那柯里等地都能见到古道遗迹。

二、茶马驿站那柯里

那柯里是中国西南茶马古道上的一个重要驿站。那柯里属于普洱市宁洱县同心乡，距离普洱市区约25千米。它是一个少数民族杂居村寨，现在共有68户人家。据网络资料介绍，那柯里这个名字是傣语音译，意思是有田有水有桥的好地方。那柯里附近至今仍有傣族村寨。清光绪时被称为那柯里塘，驻兵6名，归中营左哨头司把总管辖。那柯里原名叫“马哭里”，由于茶马古道十分难行，马帮过那柯里必须涉水蹚过村里的一条小河，劳累的马儿驮着重负行走到这里，面对清凉的河水，都悲伤得流下了眼泪，因而这里得名“马哭里”。爱马如命的马锅头几次上疏官府之后，官府就在这里修建了“风雨桥”，从此，“马哭里”更名为“那柯里”。2017年7月29日，我们一行7人包车到那柯里。一下车，一块醒目的巨石映入眼帘，上面刻有茶马古道示意图。示意图上显示：以普洱府（宁洱）为起点，茶马古道有5条主线。一条向东北，经墨江、沅江、玉溪到昆明、成都、西安、北京，这条线还可从墨江折向东，经建水、蒙自到广州、香港；一条直向北，经景洪、镇沅、景东到大理、丽江、迪庆折向西藏；一条向西，经澜沧、孟连到缅甸；一条向西南，经那柯里、思茅、勐海到缅甸，还可由西向南经那柯里、思茅、

宁洱那柯里茶马古道

易武到老挝；一条指向东南，经江城到越南。这条南方丝绸之路，马帮发源地，比有记载的丝绸之路还要早200多年。茶马古道上的主角当然是茶叶和马帮。茶是普洱的名片，马是过去最主要的交通工具和运输工具。虽然现在已经没有马帮了，但茶马古道依然默默存在着，等待着后人的探寻。我们此行的主要目的，便是要在那柯里寻访与马帮关系密切的马店人家的后人。

绕过巨石继续往前走，我们就进入了悠远宁静的村中古道，村中古道的路面全部用石板镶嵌，干净平整，虽然没有现在公路的路面宽，但完全可以单向行车，拖拉机、摩托车更是进出自如。不过为了保护这个古驿站，机动车是必须绕行的。开始我以为这些石路就是茶马古道，结果陪同我们的村委会张主任告诉我们古道在村边上山的路口那里。我们当即就请主任带我们去看。古道基本是陡坡，都砌有石阶，石阶有人工打造的条石，也有天然的块石，经过人、牛、马的踩踏，变得很光滑，仔细观察可以看到一些石阶上还留下了深深的蹄印。因为现在少有人走，石头间的缝隙里满是杂草，石头上也满是青苔，越往坡上走，路越窄。宽阔处可以两匹马驮物并行，狭窄处仅容一人或一马通过。坡上竹林幽幽，古树参天。我们几乎没有负重地走了几百米，就累得气喘吁吁，想想当年的马帮真是辛苦万倍啊。这条保存完好的古道现在还可以直接通到普洱市，有20多千米。茶马古道，道通古今，我仿佛看到旧时马队艰辛的步履；茶马古道，道尽沧桑，我仿佛听到负重马儿的叹息。我放弃了徒步此道的念头，回到村里寻找荣发马店。

荣发马店就在古镇一角，距离村中心不远，居于交通要道上，可以直接开车到店门口，是一家百年历史的老店。马店大门很别致，与其说是大门，不如说是一道空门。空门上方正中是一道横跨在山路上的楼梯的边沿，上面一块横匾，书写“荣发马店”4个大字，两旁各垂下一块长方形木板，右书“关山难越谁为主”，左书“萍水相逢我做东”。这副对联既诗意又深刻地呈现了马店的功能。店门右边整体保留了旧时的模样，两层楼，砖木结构（以前为土木结构，因2007年地震，才改为砖木结构）。上层以前是马帮人歇息处，现在摆了好几张大圆桌，看来是供游客吃饭用的。下层为开放性结构，以前是为马匹储备饲料和马儿休息的地方，现在摆着几张方桌，为游客休息饮茶饮水处。正对庭院的一面墙壁上有好几个大镜框，从左至右，依次是马店主人李天林的画像，店主全家福，那柯里风雨桥、荣发马店历史旧貌图、历史简介。设计者还很有心地把很多以前马队的老物件摆出来展示，石水缸、油灯、马驮子、铡刀、皮包、竹编包、竹制量器、竹制饭盒、装茶叶的罐子等一些当年开马店用过的物品和陈设依旧如昔。然后就看到一位身着民族服装的老人正笑眯眯地看着我们。这位老人正是马店最后一位店主的儿子李天林，我们说明来意，老人遂招呼我们坐下并沏好茶，然后也坐下来耐心回答我们的问题。

李天林，彝族，1949年生，共五兄妹。大哥在景洪，二哥在普洱，两个妹妹在昆明。老人说自祖父起就在经营这家马店，父亲读过高中，接手马店之余还在本地小学任教，马店一直开到1954年为止。他父亲94岁高龄去世。

老人眯着眼，继续回忆（有些记忆显然来自老人的父亲）：1954年以前每天都有马帮经过，一般马店顶多接待30人、60匹马，而荣发马店能容纳约100匹马。马帮几乎什么都运。中原先进的铁器、棉布、瓷器就是沿着这苍茫的古道涌了进来，西南边陲盛产的金银、玉石、象牙、药材、茶叶又是沿着这条曲折的小路源源不断地流了出去。尤其是茶叶，普洱盛产茶叶，想想没有机动车的年代，完全依赖马帮驮运，四面八方的人能品到普洱茶，真要感谢茶马古道、茶商和马帮。马帮客商住进马店后，店掌柜只提供住宿和喂马烧饭用的马料、柴火等，饭由马帮和客商自己做。也许在某一个夕阳西

宁洱那柯里荣发马店古道陈列馆

古道陳列館

下的时候，马铃声由远及近，店主不慌不忙指挥起来，女主人前后上下张罗开来，店小二手忙脚乱，宁静的马店顿时沸腾起来……

老人说，马帮如果在正月初三到正月十五之间光临马店，马店主人必须出店迎接。以农业社会之特点而论，此时仍是农闲，况且汉人聚居的村子正值春节，马帮人到店就有客人上门祝愿之好彩头。那么大概有3天店主是免费招待马帮的。这既是店主会做生意广开财门，也是普洱人纯朴热情之古风的延续。如果马帮人在春节前几天到店，店主也不会因为春节临近而拒绝接待。店主的真诚得到马帮兄弟同样真诚的表达，马帮人走时一定会留下几件外面带来的物品，诸如洋布、小电筒、小闹钟、搪瓷碗、白糖之类。而马店最繁忙的日子应该是3—5月。马帮运送茶叶出去，必须赶在雨季到来之前。茶叶坚决不能受潮，雨季的滇西南，空气潮湿，山路湿滑，上坡穿林，下坡渡河，山连着山，给马帮人行进带来难以想象的难度，同时也会大大影响马队行进的速度，当然就会影响整个马队的经济效益。

我又问及马帮人好不好相处。想象中，马帮人彪悍异常，也许还强取豪夺、蛮横无理。其实马帮有马帮的规矩。专业性马帮有一套严密的组织机构。较大的马帮一般由大锅头、二锅头、三管事领导。大锅头当然是整个马帮的头号首领，其他人要入伙搭帮，要向大锅头交纳一定数量的钱银。对大锅头的要求也比较全面，既要智勇双全，又要熟悉商情、各地的风土人情、道路和驿站的情况，还必须有一套完善的管理手段，能当家理财，管理好马夫、牲口和财物。二锅头为二号首领，大锅头不在时全权掌管马帮。管事则专门负责马帮内部的经济事务包括后勤事务。马帮的大小按拥有牲口多少区分，5匹牲口为一把，5把为一单帮，设一锅头负责。一个马帮少则几十匹牲口，多则成百上千。赶马人与牲口的比例，一般为4匹骡马配备一名赶马人。要成为马帮的赶马人还必须具备一定的素质，比如，身体强壮，会管理照顾骡马，粗通医药，有抗御敌害的本领，更重要的是懂得马帮帮规，知道赶马人的禁忌，不乱说话，听从马锅头安排等。一个马帮如果走同一条路线，那么他们和同一个马店每年至少接触两次。想来老人的先辈不知道看惯了多少腥风血雨，多少暗流涌动，当然也必定迎来了一样多的深情厚谊和鸟语花香。老人说，有一次村里来了外乡人，恰逢一个马队在他家歇脚，外乡人扮作本村村民，找马锅头商量说想借马骑骑。马锅头非常豪爽，借给了那人，谁料那人竟然一口气骑出村外，消失得无影无踪。马店店主即老人的爷爷相当惶恐，而这位马锅头并没有暴怒，更没有迁怒于无辜村民。想来马帮领头人很有些本事，胸襟也较常人宽广，见识也多，知进知退，颇有古代侠客义士之风。

老人说，从西藏来的马帮很有特色，他们会带着藏獒一起行进，当时藏獒还不叫藏獒，云南人称之为长毛狗。藏獒的凶猛忠心，足以让一般的偷马贼望而却步，也能在遇到山匪时助一臂之力。

马店和马帮的关系恐怕不止于提供马食饲料、饭食菜蔬、饮用水、歇脚处吧？马帮进出云南，耗时少则几个月半年，多则大半年一两年。一路除了对付悬崖峭壁、虎豹蚊虫、疟疾怪病，还要防范甚至对抗强盗土匪。一路艰辛，哪里有“山间铃响马帮来”的轻快？如果有，也是晓得即将到达像那柯里这样的驿站了。可以想象，正是人饥马渴，正是暗夜沉沉，正是力疲神乏，正是风雨凄凄，突然看到马店门口闪烁的马灯，接着得到女主人的热情招呼，然后是香喷喷热腾腾的饭食到口里。难以想象，没有那柯里这样的驿站，没有荣发这样的马店，马帮人的情感如何释放？马帮人的离乡愁如何安放？第二天，也许是第三天第四天，马帮人又必须带上干粮、货品、自制土枪药，跨上马鞍，继续他们的使命。只有茶马古道默默承受一次次别离与相聚，一次次喜悦与泪水，一次次出发与到达。

讲完过去的故事，老人又带我们看他家保存极好的马帮用品，有类似解放军挎包的皮褡子，装钱用；有竹根做的水瓢，舀水装水两用；有装火药的黑色月牙形牛角筒；有称量一斤的竹制量器；有竹制饭盒，蓑衣斗笠；还有一条马帮人用过的皮带；甚至还保存着一个第二次世界大战时用过的方形弹药箱。墙上挂着的两个铃铛引起了我的注意，它们外形一样而质地各异。老人解释说一个铃铛是钢质的，给马帮领头的第一匹马戴，马儿行路时，发出的声音清脆洪亮；另一个是铜铃铛，给第二匹马戴，行路时会以特有的节奏应和第一匹马，使得整个马队有序前行。李爷爷说马可是整个马帮最不能出问题的，如果马不幸生病了，就要赶快给马吃发散药，还不能让马睡过去，赶马人要一夜骚扰马，否则第二天马就起不来了。想来马帮人是非常爱护马的，马帮人和马的相生共存、亲密无间让人感叹。这时我发现老人的右眼好像有点异常，原来是1964年一头老虎出现在马店院子里，老人为了保护家畜，被老虎抓伤了右眼。老人补充，为寻回惊散的耕牛，牙齿也掉了6颗。和平年代尚且如此，兵荒马乱时，马帮人和马店人又会经历怎样的惊心动魄？

为了缓解我自己的伤感，我把话题转到老人的子女上。老人育有两个儿子和一个女儿，女儿已嫁到外地，两个儿子也已分家，就在本地经营餐饮住宿，两家店紧挨着。大儿子就是荣发马店新一代的主人，负责老人的生活。二儿子则承担赡养老人妻子的责任。我问老人生意好不好，他说过春节时游客较多。那天是个周末，全村游客大概有四五拨，总人数不会超过50人。

看老人大儿子家的格局，除了上面介绍过的依照马店旧貌而建的两层楼外，在左边还有两栋两层楼的房。靠村路及停车院落有一栋楼房，一楼为品工夫茶的大茶室，二楼为游客饭厅，这是一个开放性饭厅，边啖饭边可欣赏对面不远处风雨桥美景。靠山坡坡脚还有一栋楼房，一楼由自住房间、大厨房、贮藏室组成；二楼有4个标间，为游客提供住宿。老人说占地是自由的，建房则由政府拨款。之前担心，没有马帮，马店后人如何生存，现在发现这种担心完全是多余的。他们似乎已经是小康人家，但是老人依旧勤劳。每天早睡早起，烧水沏茶，为过往游客介绍马店历史，解答游客或像我这样为调研而来的人的各种提问，照看自己的两个小孙子，还要去照管村外圈养的猪。

这个大型猪圈值得一提。它由村委会统一规划，统一布局，统一建成，占地2.2亩，是个集体猪圈。选址也很科学，在村外大约有10分钟步行行程的一个宽阔低洼处，修建了4排猪舍，每排17个水泥房子，有房顶遮风挡雨，又有开放空间自由呼吸。全村人户的猪全部迁出那柯里村，有利于村户保持家的洁净，更有利于保证整个村子空气的清新。猪舍旁还建有一个鱼塘，猪的饮用水问题也解决了。猪舍四围是青山绿树，想来猪的内心也是惬意的，猪吃苞谷和其他杂粮，还有香橼、芭蕉这样无污染的水果享用，这样生长起来的猪怎不健康美味?

从荣发马店二楼向对面的风雨桥望去，有二三个行路人在桥内歇息谈话，村路则静静向两边延伸。这个唐代开始就因普洱茶和磨黑盐成为滇藏民间贸易重要通道（茶马古道）上重要驿站的那柯里村，在今天显得有些冷清，只有亘古无声的山林、彻夜流淌的山溪知道它曾经的喜怒哀乐。这个应普洱茶叶、滇藏马帮而生的荣发马店，依然迎来送往，平淡难掩绚烂，热闹亦难掩宁静。

告别了李天林老人，我们在村里继续寻找茶马驿站的古迹。有一条河从村外流进村内再流出村外，所以那柯里的桥特别多，有廊桥式样的风雨桥，有子午桥，有挂满同心锁的锁心桥，有颤巍巍而板扎的吊桥。昔日茶商歇脚，定然在风雨桥上留下茶香，三日不绝。今天的桥不仅

茶马驿站那柯里入口

可以渡河，可以躲雨，还是赏风景的好地方，也是悠闲的交流场所。穿过古朴、美丽的风雨桥，往左走，不多时便看到一个古老的磨坊，水车依然转个不停，碓窝却是空的。再往前走，村子边上的几棵大树上竟然拴了几匹马。难道是马帮后人？走近才发现是村民用马招揽顾客。成人60元可骑马绕村子一圈，儿童40元，一大一小80元。马帮消失了，马匹却依然是人类忠实、有用的朋友。马铃铛悠扬回响，仿佛时时提醒大家这里是《马帮情歌》的诞生地。

回到村里，随意游走。前面有人围观，原来一位大姐在舂粑粑，碓窝小小的，舂棒圆圆长长的。蒸好的糯米，用竹木捶打，一下又一下，越发扁平，再用竹片分割成数个一掌大小的圆粑粑，每个粑粑平摊在一片方形的芭蕉叶上，还可以随自己口味或撒点花生颗粒或撒点白糖，大功告成。白色粑粑搭配绿色蕉叶，看着赏心悦目，尝着清香软糯。昔日运送茶叶的马帮人一定会带上粑粑上路吧？

同样是舂，在荣发马店对面，穿村而过的小河边看到的碾碓大了许多。这里原先是一处碾坊，为村民所共有，使用了近200年，现在只剩一个大水车和一个大碓窝。碓窝上一根大木头，木头的一端对准碓窝，另一端由人站上去用力踩。这样原始、有效而且有趣的方法现在显然被废弃了，于是这里成了一个历史的摆设，一个观光的地方，一个勾起游客好奇心的钓饵。不少年轻游客都踩上木头，一上一下试图找到过去的感觉。

这时，处理完事情的村委会张主任寻过来，带我们去看村口的一个艺术工作室。只见一座楼房跨水而立，建筑风格古朴典雅，楼房前是一个小广场，外围是一个狭长的回形大花园。进到屋内，直接就是一个展厅，左手整块墙壁上是以普洱学院/宁洱县人民政府名义写的序，然后旁边墙壁依次挂着第六届云南省美术家协会主席郝平老师写的《关于思茅和绝版套色木刻》和学生们的作品。原来这是普洱学院在那柯里创立的绝版套色木刻教学及学生创业创新的实践基地。慢慢欣赏过去，作品大都取材那柯里，有自然山水，有植物动物，有人类活动，也有抽象图案，还有明显反映茶马文化的，寄托乡愁，思考当下，憧憬未来。参观完毕，工作人员引导我们下了半层楼，这里是一个很大的工作室。室内角落堆放着木刻要用的原材料，桌上有各色颜料，墙上挂着工作服，最显眼的是一大一小两台版画印刷机，用于最后一道工序——印版套色。为贯彻习总书记考察并提出把那柯里建设为新农村典范、乡愁之地的思路，在普洱市政府的指导帮助下，普洱学院与宁洱县政府合作，搭建了这个普及和传承普洱绝版木刻艺术、培养绝版木刻新人、进行文化产业化实践、实现技术创新、提供大学生就业、开展学术研究对外交流的非营利性质的公共文化平台。所谓绝版是只用一块木板，套色是可以多次换色套印，这种方法源于20世纪80年代中期云南思茅地区几位年轻版画家的创新。这个技法从思茅起步，然后走向全中国，迈向全世界，几大洲的美术馆、博物馆包括大英博物馆都收藏有云南绝版套色木刻作品。

从工作室的落地玻璃大窗望出去，左边是依山势而建的有红棕色栏杆的走道，正对面不远处又是一座风雨廊桥，这座廊桥的造型是一个超级大的马鞍，雄跨于楼外这条不知名的河上。两边深深插入泥土中支撑桥身的是水泥混合土砖，桥身为全木结构，廊顶为青瓦，木头是本色，质朴且富历史感。

那柯里之行，起于对茶马古道的探寻，定格于那柯里马鞍形无名廊桥。

三、茶马古道幽思

茶马古道连通了不同的民族区域和文明区域，连接着高原和中原文明，连接了汉族、藏族、纳西族等少数民族，茶马古道的商业贸易改变了不同文明的历史面貌。茶马古道沿途古镇古村的出现、兴起和建设，很大程度是为了方便商贸的往来。沿着茶马古道，还形成了独特的茶文化圈。因茶马古道而衍生的马帮文化更是一种跨民族、跨宗教的商贸文化，深刻影响了沿线地区的文化面貌。茶马古道不仅是一条商贸通道，还是各民族文明交流的见证，是人类宝贵的文化遗产。

宁洱县那柯里是云南境内开发最为成功的古茶马驿道上的驿站。我曾经两度探访这里。第二次探访那柯里时逢国庆假期，村里人山人海，不像我一年前第一次去时人不是太多。也仅仅是一年的时间，游客成倍增加，尤其以四川人为多。那柯里荣发马店、风雨桥、马帮菜餐馆和古道遗址等都是茶马古道文化遗产集中的展示点，这些文化遗存丰富了古道景区内涵。特别是村子整体规划错落有致，潺潺的小溪穿过村落，奏响和谐的乐章。绿色包裹着整个村庄，风景美极了。尤其是那柯里美食更是吸引了众多的游客纷至沓来，这里的黄豆制品如豆浆、豆腐脑等美味至极，相信是众多都市人没有品味过的。马帮菜餐馆的土鸡、鱼、野菜以及各种野生菌更是吃货们津津乐道的美味。形成这样一个茶马驿站其实也不是偶然的，它靠近普洱茶的集散地普洱市，从普洱市运送普洱茶北上第一站必然路过那柯里。这里长期居住着勤劳聪明的傣族同胞，为那柯里的繁荣默默在努力。在漫长的茶马古道调研中，我们总是能不断走过傣族村寨，每当在寂静的山路中前行的时候，长久遇不到其他人，心中难免惶恐，但是当眼前突然出现一棵大榕树，心头就会一阵轻松，这里一定是有一处傣族村寨了。在我们导航错误时偶遇的那柯里村山头的那棵大榕树，至今还在我的脑海时时浮现。那棵大榕树，缓解了我们走入歧途的惶恐。美丽的傣族村寨，处处都能看到傣族智慧与村寨繁荣共存。

普洱市境内也能看到多处茶马古道遗存，比如澜沧县景迈山。景迈山上景迈大寨通向古茶林的道路保留有一段茶马古道，和那柯里的那一段非常相似，条石铺路，杂草丛生，马蹄印若隐若现。古道旁都是成片的绿海，身处其间，难免幽思怀古，古人为了把外界需要的茶叶运送出去，肩挑马驮，长期行走在远离尘嚣的茶马古道，只有到茶马驿站时才能短暂地接近尘世的喧嚣与繁华。可以说茶马古道是中国西南民族经济文化交流的走廊，是一条自然风光壮观、文化神秘的线路，它蕴藏着开发不尽的文化遗产。茶马古道的开创源于古代西南边疆和西北边疆的茶马互市的需要，兴于唐宋，盛于明清，第二次世界大战中后期云南的茶马古道更成为一条重要的国际交通线。如今的古道已经很少有人经过，只有石阶上深深的马蹄印诉说着它曾经的繁荣。

今天在这条古道上，旅游的热潮正在替代已离我们远去的清悠马铃声和奔波的马蹄声。旅游开发与保护也许并不矛盾，特别是在茶马古道的旅游开发中，保护好才能更吸引游客。如今一些村落已把茶马古道修成水泥路，这样的村落几乎是旅游未开发的地方。有专家针对这种现象提出：“要尽可能地说服他们，不只是村民，当地政府也要参与进来，做引导，提供帮助，这样文化遗产的保护工作才能开展得更好。”很多地区已经开始自觉保护当地文物，“因为会给他们带来一种自豪感”。

我也相信，随着人们文化素质的提高和保护意识的觉醒，茶马古道文化遗产的价值会越来越深入人心。曾经被遗落的茶马古道已重回人们的视野，正在默默展示出西南经济文化交流史上那些不应该被遗忘的重要阶段。

04 今日的普洱茶市

在云南省茶叶管理部门的不断努力下，不仅明确了普洱茶的内涵与加工工艺标准，而且确立了“五证四有”的茶叶追溯体系，可以让消费者明明白白消费……

有人说茶叶市场的水很深，其实是因为早期有些人不按规矩、没有职业道德的行为搅乱了茶叶市场的规则，伤害了消费者。在云南省茶叶管理部门的不断努力下，不仅明确了普洱茶的内涵与加工工艺标准，而且确立了“五证四有”的茶叶追溯体系，可以让消费者明明白白消费。

一、有明确的普洱茶地理标志范围与加工工艺标准

1.国家地理标志产品普洱茶标准及其内涵

普洱茶是云南特有的国家地理标志产品，普洱茶的定义经历了长时间的发展和完善。

在普洱茶市场发展要求的推动下，1979年云南茶叶进出口公司在昆明召开普洱茶加工座谈会，拟定了“云南普洱茶制造工艺要求（试行办法）”，统一了9个标准样，确定了普洱茶茶号的编号办法，统一了普洱茶的质量标准和加工工艺。此后，4月1日，云南省茶叶进出口公司以[79]云外茶调字第40/12号文件下发昆明、勐海、下关和普洱4个茶厂《关于普洱茶品质规格和制造要求的通知》。9月，下关甲级沱茶荣获国家银质奖，并被评为省级优秀产品。

随着市场经济的深入发展和茶叶价格的走高，规范普洱茶行业标准和市场秩序的呼声推动了云南省标准计量局于2003年3月公布了普洱茶的定义：普洱茶是以云南省一定区域内的大叶种晒青毛茶为原料，经过后发酵加工而成的散茶和紧压茶。其外形色泽褐红，内质汤色红浓明亮，香气独特陈香，滋味醇厚回甘，叶底褐红。

2006年7月1日由云南省质量技术监督局发布，同年10月1日实施的云南省地方标准再次明确了普洱茶的定义：“普洱茶是云南特有的地理

标志产品，以符合普洱茶产地环境条件的云南大叶种晒青茶为原料，按特定的加工工艺生产，具有独特质量特征的茶叶。普洱茶分为普洱茶（生茶）和普洱茶（熟茶）两大类型。”

2008年6月17日，中华人民共和国国家质量监督检验检疫总局、中国国家标准化管理委员会等权威机构，共同制定了GB/T22111—2008普洱茶标准，即普洱茶是以地理标志保护范围内的云南大叶种晒青茶为原料，并在地理标志保护范围内采用特定的加工工艺制成，具有独特品质特征的茶叶。按其加工工艺及品质特征，普洱茶分为普洱生茶和普洱熟茶两种类型。

想购买普洱茶的朋友们根据以上定义就可以自己鉴别产品的采摘范围和加工工艺是否符合普洱茶的标准了。

2.普洱茶地理标志产品保护范围

2008年由国家质检总局规定的普洱茶地理标志产品保护范围是云南省昆明市、楚雄州、玉溪市、红河州、文山州、普洱市、西双版纳傣族自治州、大理白族自治州、保山市、德宏州和临沧市等11个州（市）75个县（市、区）所属的639个乡（镇、街道办事处）等现辖行政区域。非上述地理标志保护范围内生产的茶叶不能叫普洱茶，云南茶企业到上述地理标志保护范围外的地区购买茶青做成的茶也不能叫普洱茶。

全球重要农业文化遗产“云南普洱古茶园与茶文化系统”就位于普洱茶地理标志保护范围内的普洱市。

通过以上越来越明确的普洱茶概念，规范了普洱茶的内涵及地理范围，这也成为了云南普洱茶企业做大做强的基础。云南茶企也在创品牌方面投入了大量的努力。

二、实现规模经营和品牌效益

1.柏联普洱茶庄

景迈山·柏联庄园，位于中国云南澜沧江流域有“世界茶树博物馆”之称的景迈山，景迈山·柏联庄园是柏联集团在云南省普洱市澜沧县景迈山打造的世界第一个集茶叶种植、生产、加工、窖藏、科研、销售、旅游体验、文化传承以及品牌运营于一体的茶庄园。景迈山·柏联庄园是学习西方最先进理念的产物，是以法国红酒庄园为蓝本打造的中国第一个茶庄园。景迈山·柏联庄园创造了一座集后现代建筑美感和傣族民族特色于一体的“茶园里长出来的制茶坊”。接待大厅是由著名建筑设计大师邢同和设计的，严格按照品牌形象和国际水准建设，全钢架结构、全玻璃外墙和隔断的精制厂房，把具有云南傣族、布朗族民居特色的木材、茅草、小挂瓦、回廊、尖顶等元素自然地融入其中，与周围茶园浑然一体，既方便游客观光，又可以保证生产环境的整洁。

“柏联”普洱茶是云南柏联普洱茶庄园有限公司旗下的普洱茶品牌。云南柏联普洱茶庄园有限公司系“柏联（国际）集团有限公司”旗下在普洱市澜沧县依法注册的独立法人企业，于2007年5月注册成立，现有11000亩的古茶园及6120亩已开采的现代茶园，注册资本5000万元，总资产约1.5亿元。有行政管理、工艺技术等各级专业人员及正式职工260人。公司是以普洱茶种植、生产加工以及地方旅游和普洱茶文化传播为经营主业，结合传统和现代技术，以普洱茶文化为精神内涵，引领普洱茶健康生活方式全新理念的普洱市龙头企业。2007年4月，柏联集团与普洱市人民政府和澜沧县人民政府签署了发展打造普洱茶产业的协议，首次提出了打造“世界第一个普洱茶庄园”的发展理念和经营思路。作为一个注重环保、具有社会责任感的企业，柏联集团与当地村民誓要保护当地的一花一草。因此集团特邀中国环保形象大使、中央电视台著名主持人敬一丹与当地布朗族、傣族村民于4月18日一起宣读了《景迈山宣言》。

我有幸喝过多次柏联普洱茶，茶汤清澈干净。它价格昂贵，属于高端普洱茶，因选用景迈山茶林资源，所以茶汤品质上乘。特别是修建在景迈山山脚的景迈山·柏联庄园美丽、雅致，又为景迈山增添了新的风景。在景迈山·柏联庄园的天然氧吧中沐浴温泉、品味普洱茶真是一种浪漫享受。景迈山·柏联庄园还提供做茶体验活动，亲爱的读者们可以前去参与。

2.澜沧古茶有限公司

澜沧古茶有限公司于2002年9月11日成立。公司前身是澜沧县古茶山景迈茶厂，始建于1966年。自成立以来，一直依靠澜沧县境内芒景·景迈山的千年万亩古茶园和邦崴古茶树群为原料，凭借40多年的种茶、制茶经验和技术，生产纯正地道的普洱茶，其香独特，汤红明亮，品质优异，2005年澜沧县人民政府确定澜沧古茶有限公司为普洱茶产业龙头企业。

2000年澜沧古茶有限公司“景迈古茶园”通过国际BCS公司有机茶园认证；由公司保护和管理的邦崴茶树王，树高11.8米，根茎处直径1.14米，是世界上首次发现最古老的野生型与栽培型间的过渡型大茶树。云南农业大学著名茶学专家周红杰教授参与了澜沧古茶有限公司邦崴古茶树的保护工作。

澜沧古茶有限公司产品

三、数字云茶

云南茶叶管理部门积极致力于推动茶叶生产管理的数字化，确立了“五证四有”的茶叶追溯体系。

所谓“五证”就是特定的企业，必须具有“准入证”；特定的产区，必须具有“出生证”；特定的原料，必须具有“资格证”；特定的工艺，必须具有“许可证”；特定的标志，必须具有二维码“身份证”。

“四有”就是要求茶叶必须有标识、有标准、有检测、有可追溯性。

有了普洱茶可追溯系统，消费者只需扫描产品上的二维码即可追溯、查询从茶林到茶杯的生产流程等相关信息，能够明明白白消费普洱茶。这种二维码追溯体系既对云南普洱的品牌建设有保护作用，还可以通过会员积分营销、在线商城交易、数码防伪等功能，为普洱茶建立线上销售渠道，并对忠诚消费者进行长期服务。

05 普洱茶的制作工艺探微

普洱茶贡茶分散茶、紧压茶、茶膏3种。普洱贡茶的生产，经过数代人的实践，约定俗成为今天大家认可的相对固定的程式。普洱贡茶生产大体可分为祭祀茶神、原料采选、杀青揉晒、蒸压成形等4个程序……

普洱茶制作工艺主要是指制作普洱生茶和熟茶的传统性工艺流程。在特定的某些地方，因其独特的历史价值，其制作工艺成为国家级非物质文化遗产。

一、普洱茶·贡茶制作技艺

普洱茶制作技艺有其独特的历史与工艺价值，“普洱茶制作技艺·贡茶制作技艺”在2008年被列入国家级非物质文化遗产保护名录。贡茶制作技艺的申报成功与其代表性传承人李兴昌在宁洱县困鹿山皇家古茶园的实践和探索紧密相关。据云南网介绍，申报文本就是根据李兴昌在困鹿山多年的调研、实践和探索为主要内容进行申报的。

我因宁洱之行结缘王天，在从困鹿山古茶园返回宁洱县城的途中，王天和我聊起宁洱普洱茶困鹿山皇家古茶园贡茶制作技艺，他告诉我其实这个技艺的核心就是普洱茶的传统制作工艺。

历史上宁洱县就是普洱茶贡茶的重要产区。作为少数民族地区所遗存下来的贡茶生产传统工艺，因其较强的民俗性、独特的工艺性和产品的丰富性，为普洱茶品牌的形成及茶叶经济的发展起到重要的推动作用；其文化内涵和工艺原理仍是普洱茶现代工艺的研发基础和核心依据；是中华乃至世界茶文化宝库中的民族民间传统文化宝藏。此传统工艺，不仅在历史、文化、政治、经济、民族、民俗、科技、艺术等多方面均有较高的研究价值，而且从现代人追求回归自然、生态、健康及个性化文化消费趋势看，仍具有潜在的极高的开发利用价值。普洱茶贡茶传统工艺专指流传于宁洱县世代传承的作坊式的手工工艺，不含机械制茶工艺和20世纪70年代发明的人工后发酵工艺。

普洱茶贡茶分散茶、紧压茶、茶膏3种。普洱茶贡茶的生产，经过数代人的实践，约定俗成为今天大家认可的相对固定的程式。普洱茶贡茶生产大体可分为祭祀茶神、原料采选、杀青揉晒、蒸压成形等4个程序，整个生产程序比较费工、费时和费力。

第一，祭祀茶神。在古普洱府境内，每年春茶开采之前，各民族都要带上香火和祭品，按各自的礼仪对茶树王进行祭拜。

第二，原料采选。开采时由村寨头人和有威望的老人经过“占卜”和实地查看，选出长得最好的茶园作贡茶的首采地，同时选出体貌品行俱佳、身无异味、心灵手巧的年龄在16~18岁的采茶女采摘首批贡茶。在《普洱茶记》《普洱府志》等普洱史志中，对贡茶的采摘有着严格的要求和规范，如要“五选八弃”。“五选”就是选日子，即选择谷雨前的吉日；选时辰，即在晴天、日出之前采的茶最佳，与《茶经》上“日出神散”之说同出一辙；选茶山，即选择种植得最好的茶地，客观上鼓励茶农种好茶；选茶叶；选茶枝。所谓“八弃”是对采茶女操作上的具体要求，那就是弃无芽、弃叶大、弃叶小、弃芽瘦、弃芽曲、弃色淡、弃虫食、弃色紫。困鹿山的鲜叶采摘后，在中午就能用快马送到宁洱贡茶坊。快马从困鹿山到宁洱县城，中间需要在谦岗村的塘防换一次快马。

第三，杀青揉晒。这是贡茶生产中关键而又独特的工艺。快马送到的茶叶要在普洱府茶局（1729年清政府始设的普洱茶管理机构）官员的监督下完成精选，再进行杀青等后续加工，快马运送的时间也就正好完成了茶叶的萎凋。杀青关键在温度的掌握，全凭经验和手感。因此手工杀青不是普通人想象的使用锅铲，而是用手翻炒。手能更好地感知温度，如果茶叶的温度过低，鲜叶的生涩味不能清除；温度过高，对茶叶中的活性酶破坏太大，不利于后期发酵和茶多酚类物质的保留。普洱茶最显著的特点就在于后来的自然发酵而产生相对时间内愈陈愈香的品味

宁洱困鹿山茶叶萎凋

和独特的保健功效。这也是普洱生茶收藏价值之所在。揉捻，是用手直接搓揉已杀青的茶叶，关键在轻重的把握和重力方向的技巧，目的是将茶叶揉成条索状，便可晾晒成晒青茶。技法的高低直接影响茶叶的品味和芽条造型的优劣。

第四，蒸压成形。即晒青茶经过蒸软、袋揉、压模、定型、干燥、包装等加工工序，制成各种形状的紧压茶。专为上贡朝廷制作的紧压茶在清代阮福的《普洱茶记》中有记载："每年备贡者，五斤重团茶，三斤重团茶，一斤重团茶，四两重团茶，一两五钱重团茶；又瓶盛芽茶、蕊茶、匣盛茶膏共八色。"这些团茶又被称为金瓜贡茶或者人头贡茶，是普洱茶独有的一种特殊紧压茶形式，因其形似南瓜，茶芽常年陈放后色泽金黄，得名金瓜。清代医药学家赵学敏的《本草纲目拾遗》也记载："普洱茶成团，有大中小三种。大者一团五斤，如人头式，称人头茶，每年入贡，民间不易得也。"

茶膏，是普洱茶贡茶中的又一独特品种，它便于携带和饮用，是适应古代交通不便的条件下进行商贸活动的产物。茶膏的生产工艺，一是选料，选择开春时最好的青毛茶做原料，以保证贡茶的质量。普洱茶废料"茶末"不可能熬出茶膏，贡茶茶膏一定是选择最好的青毛茶作为原料。二是清洗，洗去茶叶在运转中沾染的污物，表示对皇权的尊重，也体现出人们的卫生习惯和严格的职业道德规范。三是入水反复煎熬，让茶叶中的养料充分溶入水中。投入一次茶料，反复煎熬7次，然后用布袋沥去茶渣，将滤出的茶汤继续煎熬，清除茶汤上的黄色漂浮物，茶汁始清。再在文火中煎熬数天，成为糊状，最后倒入器皿中，经过3个月以上自然风干而成形。王天的茶铺中也卖这种茶膏，黑乎乎的，我从未品尝过，总在揣测茶膏的味道究竟如何。

普洱茶贡茶传统工艺的传承主要有两种形式：一是属家庭作坊生产的，以代相传；二是属茶商雇用人员生产的，以师徒相传。目前，宁洱县普洱茶贡茶传统工艺代表性传承人有李兴昌（宁洱县宁洱镇宽宏村人，贡茶工艺第八代传人）、吕国栋（曾为普洱老字号茶商“广昌隆号”继承人，茶膏工艺第三代传人）、吕云鹤（吕国栋之子，现经营茶庄，延用“广昌隆号”为商号。茶膏工艺第四代传人）、汤谟（曾为老茶工，现退休，茶膏工艺传人）等人。因年代久远且涉及面广，具体谱系尚在调查整理中。王天发起成立普洱香江普洱香茶叶有限公司，决心发扬光大普洱茶困鹿山皇家贡茶制作技艺。

普洱茶贡茶生产工艺随贡茶的产生而产生，随贡茶历史的发展而逐渐成形、成熟。但贡茶传统工艺因断代太长，流传较少，加上手工工艺成本高，获利低，被现代生产工艺所取代，面临严重的濒危状况。相信此状况将会随着普洱茶传统价值的市场回归而重现生机。

二、普洱生茶、普洱熟茶的制作工艺

在2019年暑期，我们再次走进普洱市思茅区思茅港镇茨竹林村的时候，在村主任曹加顺的带领下，我们有幸参观了制作普洱茶的老安寨初制所，并详细了解了普洱生茶和熟茶的制作工艺。

老安寨初制所位于云南省普洱市思茅区思茅港镇茨竹林村茨竹林小组，占地面积6亩。初制所于2018年2月开始建，2018年12月基本建设完成，初制所由老安寨茶业专业合作社投资建设，目前投资80多万元，部分基础设施正在建设之中。建设标准是加工车间为面积300平方米的砖混结构，屋顶为青瓦屋檐，车间内墙体下方1.2米贴墙砖，地面为自流平清洁化地面，车间前面墙体安装透风、透光较好的大玻璃窗，杀青炉灶安装在墙体外，建设标准达到食品生产、加工和储存清洁化标准要求。

老安寨初制所配建有10平方米更衣室，设置在车间入口处，为加工人员提供用于洗手、消毒、杀菌、更衣等的设施。我们进入之前也被要求更衣。

初制所还配建有200平方米的晒青棚，建盖在车间的第二层，材料为不锈钢及透明塑料瓦。除此之外初制所还有仓库、办公室及220平方米的茶叶评审室。整体外观青瓦白墙，与青山绿水的茨竹林村相映成趣。

进入初制所，就能看见一幅普洱茶（生/熟）的制作工艺流程图。曹主任给我们介绍说："老安寨初制所古树茶加工程序回归传统的工艺流程。以树龄平均为350年的古茶树鲜叶为原料，以薪火为动力，以日光为温度，以双手为工具，最终成就一饼能够'越陈越香'的老安寨古树茶。"

1.老安寨初制所生茶加工流程

进入初制所加工车间，曹主任介绍说：采摘、萎凋、杀青、揉捻、晒干、蒸压、包装，传统的生茶加工工艺是对每一片老安寨古树茶叶的态度和对普洱茶"越陈越香"的承诺，老安寨古树茶在每一个制茶环节中，都有特别的要求，从而保证茶叶的品质。

（1）采摘。由茶农到大山古茶园挑选粗壮肥硕的一芽二叶或一芽三叶的古树茶鲜叶，粗壮肥硕的古树茶叶内含丰富的物质和糖类。鲜叶采摘下来后，由专人设点收购，收购鲜叶完成后用人工背回茶叶初制所。

（2）萎凋。把鲜叶均匀地摊放在萎凋槽上，让其自然萎凋散失水分，需要10个小时左右。

（3）杀青。把叶放到铁锅里进行人工翻炒，一般一锅5公斤左右鲜叶需要人工翻炒30分钟左右。

（4）揉捻。把杀青好的茶叶摊凉后用手反复适度揉捻。手工茶制作不用揉捻机，用手直接在簸箕里面把杀青完成后的茶进行揉捻。

（5）晒干。揉捻好的茶叶用竹席在日光下晾干，成为干毛茶。老安寨初制所有大大的院子，院子里架子上的簸箕里晒着很多揉捻好的茶叶。

（6）蒸压。用蒸汽锅把称好重的干毛茶蒸软后，放在固定形状的模具内，用石磨压制，压制成形的茶叶再次进行烘干。

（7）包装。完整的七子饼包装包括：内飞（浅埋在茶饼表面的小纸片）、内票（印有产品说明和商标的牛皮纸片，放在茶饼与外包棉纸之间）、外票（也叫棉纸，包在茶饼的外面）、扎筒（用竹笋的外皮将7个茶饼扎成一筒）和装箱（用扎筒而成的6筒装成一箱）。

由于我们是夏天到达茨竹林老安寨初制所，根据普洱市人大颁布的《普洱市古茶树资源保护条例》，在夏天不能采摘古茶树，所以初制所里的工人正在加工的是茨竹林生态茶。初制所里茶叶清香弥漫，工人们有序地在加工。

2.老安寨熟茶的加工流程

关于熟茶的制作工艺，由于制作时间较长，曹主任只是简单给我们介绍了一下，无法每个工序都进行参观。制作普洱熟茶要以普洱干毛茶为原料，然后用温水渥堆（一般两个月），紧接着开沟摊凉、出堆、筛分、挑制称重、蒸压、晾干，最后包装，装箱出厂。

老安寨初制所的建立取得了实实在在的经济效益，2019年上半年，茶叶的销售收入为80万元，直接带动全村的茶叶经济增收，促进了茶叶产业的发展。通过对项目区农户现有的茶叶进行加工增值，项目区农民年人均纯收入将由目前的6000元提高到11000元，基本达到全区平均生活水准。记得2017年我第一次去茨竹林村的时候，曹主任提到了建立这个初制所的想法，没想到在2019年已经有了切实的经济效益。曹主任作为村委会当家人，把茶叶项目作为扶贫攻坚的着力点，真抓实干，不仅为茨竹林村带来了经济效益，同时也有明显的社会效益，直接带动了老安寨茶业专业合作社社员60户，辐射带动了300个农户，并带动了当地运输业和服务业等的发展。

三、普洱小龙珠

我第一次上景迈山的时候就认识了景迈藤腊（茶山的意思）的老板娘安门，这个名字是傣族的特色。安门40多岁，身材保持很好，容貌端正，典型的傣族妇女的模样。第一次赴景迈山的时候，因朋友带我到她家买茶，所以认识了她。景迈山公共交通不便，当接到任务，必须再上景迈山的时候，我立即想到了热情的安门。跟她一说，她表示到惠民镇接我们没问题，解决了我们找不到公共交通上山的大问题。

景迈山离惠民镇大约20千米，路面为搪石路。当初公路设计考虑到不影响茶叶的生态环境，因此没有铺设柏油路，道路比较颠簸。不过安门派来接我们的车都是好车，一辆牧马人，一辆汉兰达，既安全舒适，

景迈山勐本景迈藤腊合作社老板娘安门

也可见景迈山茶农们的富裕生活。我们分头上了车，中途在路边停车吃午饭，大约中午12点半时顺利到达安门的家。

安门的家在景迈村的勐本村民小组。景迈藤腊茶叶农民专业合作社就是安门家创办的茶叶生产合作社。热情的安门把我们安顿住进了他们家只提供给熟悉的茶商居住的景迈藤腊合作社客房。就在进入客房的走廊边，我突然发现一棵小小的古茶树就默默站立在走廊边注视着我们。客房楼下就是生产加工茶叶的房间。客房旁边是他儿子居住的房间，非常大。而安门和她的丈夫岩依选则居住在景迈藤腊合作社对面自家的老房子里面。老房子有3层，底层客厅空间非常大，有40平方米左右，摆放有一张大大的茶桌，但采光似乎不是太好，感觉比较黑。

到了茶山，怎能不品茶？安门带着我们坐进了他们家的豪华山景品茶房。品茶房大门临街，侧门外有大大的晒台，并有走廊通向我们居住的客房。品茶房有100平方米左右。屋中除了有展示茶叶成品的木架外，就是3张楠木树瘤大茶桌。其中一张非常漂亮宽大，价值100万元以上。品茶房的墙壁都是木质材料贴墙装饰，落地窗户也是全木雕花装饰的。窗外是起伏的群山，山青青，雾蒙蒙，而且看不见山坡下杂乱的村屋，景致非常美。特别是到冬季，景迈山的云海飘过来，往窗外看去，自己似乎就置身仙境，也飘飘欲仙了。2016年第一次赴景迈山时，在当地文化局的工作人员的陪同下，我走过了景迈山芒景村和景迈村很多茶农的品茶室，安门家这样选址和装修的豪华山景品茶房的确可以算是最赏心悦目的一处了。

景迈藤腊合作社生产很多品种的茶叶，生普、熟普、红茶、白茶和小龙珠等。茶饼上印有发召藤腊（佛祖茶山的意思）的品牌。安门女士坐下来，先给大家品尝生普。安门一杯一杯默默地给我们品尝，从生茶到熟茶，再到月光白（景迈山白茶名称），一一展示她家的茶叶。茶叶品质自然不用说，景迈山的古树生普，有浓郁的蜜香味，茶汤清澈，而且回甘持久。在喝茶的间隙，我有事出去，随手拿了自己杯子里的景迈山自来水喝了两口，觉得自来水入口都还有刚才茶叶的甘甜滋味。安门就这样默默为大家泡茶，上海的林老师忍不住发问：“现在都在讲茶艺茶道，安门姐姐怎么不用娴熟的茶艺来提升顾客品茶的愉悦感，从而增加茶叶销售呢？”安门羞涩地一笑，回答：“没有学过茶艺。”

安门从小生长在景迈山，18岁嫁到夫家，生儿育女，相夫教子。现

景迈山勐本安门家品茶室

在儿女都已经20多岁了。大女儿在澜沧县城开茶叶店，小儿子在家主要负责送货。安门在家进行生产管理，丈夫岩依选除了忙村务，就是负责外联销售等工作。在安门家的两天，几乎很难见到岩依选，他似乎经常开着他的车在外面忙茶叶生意。安门家有古茶林35亩，可能大家都要惊叹了。其实这不算多，在我们下午去隔壁竜头家拜访的时候，现任竜头的儿子岩温告诉我们，他家有50亩古茶树，而且其中有一棵非常大的古茶树，比游客们平时去参观的景迈古茶林里面的大平掌茶王树还要高大。他拿出照片来，果然看起来比古茶林里的茶树高大粗壮多了。这棵乔木型古茶树据他说有7米多高，树围有2.17米。我很想去看这棵古茶树，但是太远了，加上下过雨，道路泥泞，基本没办法去。不过他们家也不是古茶树最多的，岩依选二姐家有60亩。这么多古茶树，真是大大的财富啊。正如俗话说的，金山银山，不如绿水青山。

安门家的家庭成员基本都参与劳动，而且非常早就起来工作。我们7点多起来吃早餐，他们早就在合作社里楼下的院子工作了。合作社生产用房非常大，有大大的有顶阳光晒棚、无顶空旷的晾晒阳台、宽敞的晾晒庭院、存茶仓库以及停车棚等。一个茶叶存放仓库就在品茶房楼下，打开仓库门，茶香扑鼻。安门家为了维持正常的茶叶生产，常年雇用4个工人，有男有女。在春茶采摘生产期间，由于量大，必须雇用十五六个工人才能完成将从合作社成员那里收购来的茶叶进行加工的任务。每年七八月份，雇工们负责帮忙采摘生态茶，9月份则开始采摘古树茶。景迈藤腊合作社自2010年成立至今已有98户社员，年产景迈山茶叶20多吨，同时还与柏联茶庄合作，进行茶叶加工生产，一定程度上解决了部分当地人就业的问题。安门告诉我，她每天早上6点多起床就过来合作社这边干活、吃早餐。我们到来这几天，他们正在做小龙珠。我还是第一次看见制作小龙珠，等我们去到院子里时，他们已经把电饭煲里蒸好的小龙珠一个个从袋子里取出来晾晒了。小龙珠在清代就已经出现，只是不多见，平常茶叶店里大家见得最多的就是饼茶。小龙珠每个0.016斤，圆形，由于都是手工制作，所以比较贵，但是方便消费者冲泡，不用像饼茶那么费劲撬开，而且携带、储存也非常方便。他们这时候制作的小龙珠用料都是夏茶。

小龙珠的制作也比较简单，原料就是事先制作好的普洱生茶，用电饭煲把茶叶蒸软，然后迅速将茶叶放到白绵纱布上进行反复揉搓，直到

景迈山勐本安门家生产的小龙珠

揉成小球形，简单的小龙珠茶就做好了，然后自然阴干。如果烘干，茶叶容易变色变味。

我们住在安门家的一天半里，就看见安门忙碌的身影，似乎没有什么停闲。下午我们外出拜访竜头回来，看见她在忙着招呼其他远道而来的茶商。晚上，她又忙着给我们安排晚饭，傣式饭桌上摆满了自家的农产品。林老师赞不绝口，尤其是傣味小炒肉，土猪肉的味道和傣家的厨艺完美结合，让林老师很久以后都还在说明年还要来景迈山安门家住两周。我们在安门家住下来的时候想着这就是她家的客栈，离店时付费。吃着这么好吃的饭菜赶紧给安门说饭钱也加在房费中一起了，请他们接我们上山已经非常麻烦了。没想到安门只是微笑，告诉我们："没有关系，只管住，好吃就明天接着来吃，不收费。”我们几个顿时不知道该说什么好了。景迈山村民的热情、淳朴和好客，在第一天的景迈山之行就扑面而来。

晚上，我们外出散步归来，天已经全黑，回来诧异于安门家的品茶房根本没有锁门，推门就能进入。我们还想喝茶，下楼找到安门，问她不用锁门吗，她讲：“不用啊，没有坏人的。”景迈山几乎就是夜不闭户。云南的边疆农村大都是这样。坐下来品茶聊天，林老师问起安门的业余生活，会不会像我们这样外出旅游。特别是林老师，他多年在国外求学，看见景迈山村民的富裕生活，建议安门出国旅游。安门说她没有时间外出旅游，她必须守家。我们说：“孩子们都这么大了，放手给他们一段时间，自己休息一下吧。”安门摇摇头，说：“这哪能放心啊，孩子们是守不住的。”听罢，一个傣族贤妻良母的传统妇女形象跃然眼前，许许多多的傣族妇女，不就正是像安门这样吗？正青春年少时，就已经嫁入夫家开始生儿育女，将孩子抚养成人，又撑起家庭经济的半边天，每天任劳任怨，守护着这个家。就在书稿最后一次修改时，惊闻安门女士因生病突然离开了人世。相信此书将是给他们家留下的最好纪念。

在景迈山安门家的景迈藤腊茶叶农民专业合作社，我们详细询问了普洱生茶与普洱熟茶的制作工艺，并在安门家的合作社初制所进行了调研。这些工艺在目前很多普洱茶制作工艺的书籍中都有表述，在云南农业大学著名普洱茶教授周红杰的新著《第一次品普洱茶就上手：图解版》中总结了普洱生茶的制作工艺。

（1）采摘。鲜叶是茶叶品质的物质基础，只有优质的鲜叶才能制出优良的茶叶。鲜叶指的是专门供制茶用的茶树新梢，也称“茶鲜叶”。它包括新梢的顶芽、顶端往下的第一、二、三、四叶以及生着嫩叶的梗。鲜叶决定了普洱茶未来的品质。普洱茶鲜叶采摘的规格有：芽、一芽一叶、一芽二叶、一芽三叶、一芽四叶等；在云南少数民族茶区，茶农采茶时还会唱起采茶歌，繁重的农业劳动也因此而变得乐趣多多。

（2）摊青。茶叶采摘后在一定时间内，仍然是个活的有机体，还具有呼吸的功能来维持新陈代谢，细胞中的糖类分解，产生二氧化碳，放出大量的热能。如果要使鲜叶保持新鲜度，就需要降低叶温，延缓消耗，这样的过程为摊青。摊青奠定了茶汤的滋味和香气物质基础。大叶种鲜叶含水量较高，其茶多酚含量也高很多，较长时间的摊放可散发较多水分，能促进一部分水解酶活性的提高，使部分大分子化合物如酯型儿茶素和蛋白质水解成小分子化合物，改善口感。

（3）杀青。杀青是通过高温破坏和钝化鲜叶中的氧化酶活性，抑制鲜叶中的茶多酚等的酶促氧化，蒸发鲜叶部分水分，使茶叶变软，便于揉捻成形，同时散发青臭味，促进良好香气的形成。普洱茶主要杀青方式分为锅炒杀青和滚筒式杀青。杀青对普洱茶的品质形成起决定作用，如果控制不好将影响茶叶的品质。杀青一般掌握“高温杀青、先高后低；老叶嫩杀；抛闷结合、多抛少闷”等原则。

（4）揉捻。揉捻是普洱茶鲜叶杀青之后的制作工序，借由外力使茶叶表面与内部细胞组织破坏，组织液体附着于茶青表面，利于冲泡时增加香气口感，以及让内含物质均匀释出。普洱茶揉捻的目的，主要在于使茶青呈条索状，并使茶叶表面裂而不破，易使茶叶内含物质均匀而充分释出。揉捻不足的茶叶，条索成片、口感清淡；揉捻过度，茶品会无光泽、汤色混浊、苦涩度高，干燥储存后易有杂味。在鲜叶揉捻完毕后，要尽快将结团的茶叶解块，迅速降低温度，以避免产生闷味及干燥不足产生的闷酸现象。

（5）干燥。干燥是普洱茶原料加工的最后一道工序，也是决定普洱茶原料品质的重要工序之一。干燥过程除了降低水分达到足干、便于贮藏存放以待加工外，同时还有进一步形成普洱茶原料特有的色、香、味、形的作用。普洱茶原料加工的干燥方式主要是日光干燥，加工后的普洱茶原料含水量在10%左右，可以较长时间地保存，同时还能向着普洱茶陈化品质的方向发展。普洱茶原料的干燥因时间长，受各种自然条件影响较大，因此优质普洱茶晒青原料来之不易。完成这5个工序之后，普洱茶生茶的原料就诞生了。

安门家合作社的茶叶生产也基本遵循以上工序，只是如果客户需要定制手工茶，那杀青、揉捻等环节就不用机器完成，而采用手工制作。

普洱生茶原料送进茶厂再进行分级、筛分（分出盖面和底茶）、半成品拼配、蒸压等加工程序，最后包装，成为茶客们购买的成品茶。

普洱熟茶则是在生茶加工的基础之上再加工。熟茶生产流程如下：生茶毛茶—湿水—反复翻堆—出堆—解块—干燥—分级—蒸压（类似生茶蒸制过程）—干燥摊凉。

（1）生茶毛茶：鲜采的茶叶，经杀青、揉捻、晒干之后，成为普洱毛青。

（2）湿水：水质的好坏对发酵茶的品质影响很大，水质要求清澈，回甘好。优质的地下水，富含各种对人体有益的微量元素，是发酵茶的首选。

（3）反复翻堆（渥堆发酵）：在室内将湿水后的茶叶按一定高度堆积在一起，在微生物作用、湿热作用和氧化作用的共同作用下，形成普洱茶特有的风味和品质。传统熟茶制作方式，渥堆技术以一次完成为原则，经5~8次翻堆后，使茶青充分均匀发酵，整个渥堆工序需4~6周。这是一个技术含量较高的环节，掌握好温度、湿度是生产普洱熟茶的关键。

（4）出堆：发酵和翻堆工序结束后，为避免茶叶发酵过度，即出堆准备下道工序。

（5）解块：渥堆通常会造成茶青结块，传统手工分解。

（6）干燥：室内发酵堆开沟进行通风干燥，每隔3~5天开一次沟，交叉开沟，如此循环往复至茶叶含水量低于14%。普洱茶的干燥切忌烘干、炒干和晒干，否则将会影响到普洱茶的品质。

（7）分级：用竹筛进行筛分处理，把普洱茶分级为正茶、头茶和脚茶。同时，剔除非茶类夹杂物，如石头、谷壳，剔除老梗、花、果等茶类夹杂物。

（8）蒸压：类似生茶蒸制过程。蒸压温度与时间、压力对茶品的香气口感有绝对性的影响，这也是许多大厂与小厂的茶品虽茶区与级别相同，但仍有差别的关键所在。

（9）干燥摊晾：将紧压成型后的普洱茶摊开自然风干，时间约2天，或是正反面日晒2小时后，再阴干1天。刚制成的茶品水分含量通常在9%以上，而在静置存放2日左右后，水分含量会渐减（蒸发）到9%左右；但在自然环境存放后，茶品中的水分含量会随环境变化而增减。

四、普洱茶加工类型

市场的不同需求，促成了普洱茶加工类型的不同。在云南茶区长期的生产实践中，普洱茶无论生茶还是熟茶，都可以做成以下几种类型的茶叶。

1.散茶

普洱散茶制作要经过杀青、揉捻、晒干制成晒干毛茶，这样普洱生茶的散茶就已经制作完成。如果需要进一步加工成熟茶，可经适度湿水、渥堆、干燥、筛分而制成普洱熟茶的散茶。普洱散茶在茶农自家即可加工制作。目前在云南各茶区都能在很多茶农家看见散茶的制作。

2.紧压茶

传统普洱紧压茶有各种花色品种。传统普洱紧压茶的制作工具主要有特制的铜蒸锅、茶袋、梭边和精工打磨过的揉茶石，加热产生集中蒸汽和盖实严密的铁锅、锅盖、晾架、竹箩、压茶石鼓、包装纸、笋叶等。操作中使用木杠杆、棒槌、石鼓、铅饼、推动螺杆等手工制茶工具。制作过程分为装茶、蒸茶、揉茶、称重、压茶、解茶、晾茶、包茶等工序。一般由多人组成一个加工组，装茶和揉茶的技术要求较高，传统普洱紧压茶由茶号、茶庄专门聘请的加工师傅制作完成。

紧压茶根据需要还可以加工为圆茶和砖茶。

普洱传统圆茶于清雍正十三年（1735年）开始生产至今。传统普洱圆茶的制作需选上好茶叶为原料，放入铜蒸锅中，使散茶受蒸而变柔软，再将蒸柔软散茶倒入特制的三角形布袋中用手轻揉，并将口袋紧接于底部中心，然后放入特制的圆形茶石鼓中，压制成四周薄而中间厚，直径七八寸[1]的圆形茶饼。圆茶也是我们经常在茶叶店能看到的茶叶产品。七饼各重0.714斤的圆茶包装在一起就称为七子饼。

普洱传统砖茶制作用晒青毛茶做原料，砖茶的制作加工与圆茶基本一致。加工制作时，先将原料茶放入铜蒸锅中蒸软，然后倒入砖形模具和方形模具中压制。传统普洱砖茶的模具上有凸型的福、禄、寿、禧等字样，紧紧施压后便制成压印有各种文字的传统普洱砖茶。传统普洱砖茶每4块包作一包，外用竹笋叶包装，每篮16包，两篮为一担，普洱砖茶销往藏区为最多。

景迈山勐本安门家茶叶晒棚

注释

[1] 1寸约等于3.33厘米。

06 普洱茶的品鉴与收藏

饮茶不只是解渴，能够品茶才是更高的境界。如何品茶？茶用嘴品，却要用心去悟。品茶是阿刀和景迈山茶农与茶客们最愉悦的精神享受。当然，要品出茶中滋味，还需先修身静心……

一、景迈世家缘

就在即将离开景迈山的那个中午，我们在餐厅偶然遇到了我的同事杨教授，幸运地有了下山的顺风车。景迈世家的周老板是杨教授的学生，因此在离开景迈山之前我们专程到周老板家坐了坐。来到芒埂周老板家，周老板不在，老板娘阿刀热情地出来招待我们，拿出景迈山纯正的古树茶请我们品茗。

老板娘阿刀瘦瘦的，很年轻，原来是“80后”。刀姓，一看便知是傣族。阿刀娘家是澜沧老达保附近居住的傣族，她25岁便嫁到了景迈山。因当年和老公同在思茅财经学校读书而成就了这段姻缘。

景迈山芒埂位于半山腰，宜居地不多，因此，阿刀的家也是修建在地势不太平整的地方，门口空地非常有限。我们搭的顺风车一行3辆越野车只有沿路停下。整个景迈山留给我们的印象都是在大兴土木，阿刀家2014年新盖了住宅，也就是我们眼前这3层楼的豪宅。豪宅呈L形，我们上楼到二楼左边的品茶室，看见右边那一排有像宾馆一样的房间七八间，显然是为上山收茶的客商准备的。

进入二楼品茶室，木结构的大厅非常宽阔，估计至少有40平方米吧。房间的一半摆有一个宽大的茶桌，另一半空着。墙上装饰有像书架那样的展示架，架子上摆满了阿刀家的各种茶叶产品。

阿刀告诉我，她在2010年嫁到景迈山，2011年和老公一起发起成立了澜沧景迈召糯腊茶叶农民专业合作社。召糯腊就是前述提到的带领傣族先民定居景迈山的头人，就像布朗族的帕哎冷一样。为了纪念召糯腊，他们农民茶叶合作社生产茶叶的品牌也以此命名。夫妻俩多年来同心协力，事业不断发展壮大。2017年5月，成立了澜沧景迈世家茶业有限公司，景迈世家随之成为新公司生产的茶叶品牌。

景迈山景迈世家老板娘阿刀

展示架上有生普、熟普、红茶和月光白等。景迈世家普洱茶的介绍中写道：景迈山古茶林具有1300多年的种茶历史，是茶文化的发源地之一，海拔1500米，终年云雾缭绕，降雨丰富，热量充足，土壤肥沃。绝佳的生态环境使得景迈山古茶树生长良好，枝干粗壮，树冠繁茂，口感中除了独特的兰花香，还有强烈的山野气韵。在一款叫嫩西的生普上写有：此款茶选用景迈山千年万亩古茶林的茶叶为原料，纯料典藏。传统工艺，手工石磨压制，自然干燥而成。茶饼条索清晰，饱满、显豪，茶汤黄亮，入口蜜香，苦后回甘持久，是收藏、馈赠之佳品。

我对傣文化了解不深，问阿刀这款茶叶为什么叫嫩西，她说嫩西是傣族人民的节日。

展示架上还有一款月光美人比较吸引眼球，景迈山的月光白是非常有特色的。白茶在云南景迈山被称为月光白。制作月光白，在云南茶区，以景迈山古树茶和景谷大白毫制作的白茶为佳。景迈古树茶做的月光白，叶芽细，不苦不涩，滋味甜润，香气浓郁，喉韵悠长，是月光白中的上品。景迈山古树月光白不苦不涩、滋味清淡，女性茶客甚为喜爱。景谷秧塔大白茶制作的月光白，芽毫粗大肥长，外形非常好看。月光白，由于其白茶工艺特点，具有一年茶、三年药、七年宝之特质，可以长期收藏，历久弥香。

月光白，是云南茶人在普洱茶生产制作中不断总结、创新出来的一个新茶叶产品，由澜沧茶农首创。其制作方法大体是在皓月当空的凌晨采摘一芽一叶的大树茶叶，并在太阳出来之前回到家中，在全部遮光的土质地面房间内，铺上竹篾编成的凉席，将茶叶一片片摊开晾着，并且不能互相重叠、遮盖。这样摊晾四五天，让其自然萎凋，待茶叶干了就可以收存了，白茶也就做成了。为什么要在太阳出来之前采摘？因为如果茶叶见日光，会造成茶

景迈山景迈世家的品茶室

叶发红或者褐红。景迈山月光白从外观看面白背黑，汤色清澈透亮。气味方面，花香馥郁。口感方面，无苦涩，润泽甜香，一经冲泡香气四溢，入口回甘甜美，意韵悠长，兼具乌龙的清香和普洱的醇厚，滋味非常独特。在景迈山茶叶中，由于近年来白茶受人追捧的诸如调节血糖、明目和保肝护肝等功效，月光白已成为深受消费者喜爱的茶品。

二、普洱茶品级

在阿刀家的品茶室，我们展开了关于如何选购好茶的讨论。饮茶爱好者肯定都知道要选好茶。何谓好茶？阿刀告诉我们：首先茶叶芳香口感好；其次茶叶品质好。

哪些茶口感好？历史上就口口相传的名茶口感肯定是好的，比如龙井、大红袍等。云南普洱茶口感好的非常多，比如景迈山的普洱茶蜜香扑鼻，宁洱困鹿山的皇家贡茶甘甜润滑，临沧双江冰岛普洱茶兰香袭人，而且这些茶回甘非常快，并且很持久。

如何看茶叶品质？要想看出来茶叶品质，而且品出来大概是哪个山头的茶，这就需要专业的培训了，普通人是不可能达到如此境界的。在澜沧期间，我曾经偶遇一个以前在茶厂工作、有评茶员资格证书的学生。他告诉我，即使他们这样的专业人士，也只能品评出大概是哪个山头的茶，还要更详细鉴定是哪个年代的这些问题就属于玄而又玄了。那么作为普通饮茶人，如何才能判断选择自己想要的好品质茶呢？其实市场价格就告诉了消费者。目前市场追捧的普洱各大名山的古树茶就属于好品质茶的首选。普洱景迈、困鹿山以及云南众多的古茶园中的古树茶由于依靠生物多样性防治茶叶生长的病虫害，不用喷洒农药，属于绿色生态无污染高品质茶的首选。当然，云南古树茶资源很多，资深品茶专家沈培平曾经说过：云南普洱三大高品质茶为“冰岛、困鹿山和老班章”。困鹿山就位于全球重要农业文化遗产“云南普洱古茶园与茶文化系统”内的宁洱县。困鹿山古树茶甘甜润滑，滋味独特，作为高品质好茶是当之无愧。可能亲爱的读者又会问，都说是古树茶，到底树龄多长算是古树？过去有专家说至少300年才能算古树。但是如今古树标准又有了新变化。在一次采访我校著名普洱茶专家周红杰教授的访谈中，周教授告诉我100年以上就是古树茶了。如果你觉得古树茶太贵，生态茶就是一种性价比非常高的选择了。所谓生态茶，既有无性系台地茶，也包括有性系乔木型茶树。生态茶与古树茶最大的区别就在于树龄的长短，二者都不喷洒农药。茶树如果不喷洒农药，产量会非常低，茶叶生产成本变高。有性系乔木型茶树因树龄低于100年，也只能作为生态茶出售。在墨江碧溪古镇与李队长的聊天中，李队长就不断反复跟我讲，如果将他家的无性系台地茶云抗10号茶园改造成有性系乔木型茶园，时间太长，成本太高。目前的茶园同样可以不喷洒农药，作为生态茶产品出售。

普洱是熟茶好还是生茶好？阿刀推荐购买生茶。这肯定有他们的道理，因为生茶最能体现茶叶本真的品质。但是如果生茶摆放时间不长，茶气较重，很多人的肠胃是比较难以接受的。我在冰岛调研时，曾得到一包冰岛村主任赠送的他们自己喝的老黄片。在原料筛选拣选工序中，因条索疏松、粗大，在揉捻过程中不成条的部分会被拣出来，按照生产标准拣选出来的这部分茶菁俗称“黄片”或“老黄片”。鲜叶刚做成的老黄片茶气较重，我喝下去以后肠胃不太适应，只得赶紧收起来放好，等待茶叶长时间自然发酵之后再拿出来品味。没想到时隔两年之后，就在本书即将出版之际，一天我偶然想起这款茶，拿出来请朋友们喝，茶味已变得非常醇美，也不觉得肠胃接受不了了。普洱熟茶则不存在这问题，而且如果脾胃虚寒的人喝，肠胃会感到温暖舒适。广东人特别爱喝熟普，现在广受欢迎的广东柑普茶就是由熟普做成的。阿刀家也有柑橘林，专门用来做柑普茶。我总在猜想，广东人爱喝熟普是不是因为平日里凉茶喝多了，伤了脾胃，于是喝点熟普调理肠胃。

为了方便消费者辨别选购茶叶，普洱熟散茶和晒青茶都有品质特征分级。亲爱的读者可以参考以下分级标准，作为选购普洱茶的参考。

各级普洱熟散茶的品质特征

名称	外形	汤色	香气	滋味	叶底
宫廷普洱	外形条索紧直细嫩，金毫显露，色泽褐红（或深棕）光润	内质汤色红浓	陈香浓郁（或有槟榔香、桂圆香、甜香等）	滋味浓醇、回甘	叶底细嫩、褐红
礼茶	外形条索紧直较嫩，金毫显露	内质汤色红浓	陈香浓郁	滋味浓醇	叶底细嫩、褐红
特级	外形条索紧直较细，显毫	内质汤色红浓	陈香浓郁	滋味醇厚	叶底褐红、较细嫩
一级	外形条索紧结稍嫩，较显毫	内质汤色红浓	香气浓纯	滋味醇厚	叶底褐红、肥嫩
三级	外形条索紧结，尚显毫	内质汤色红浓	香气浓纯	滋味醇厚	叶底褐红、柔软
五级	外形条索紧实，略显毫	内质汤色深红	香气纯正	滋味醇和	叶底褐红欠匀、尚柔软
七级	外形条索肥壮、紧实，色泽褐红稍灰	内质汤色深红	香气纯和	滋味醇和	叶底褐红欠匀、尚嫩

续表

名称	外形	汤色	香气	滋味	叶底
九级	外形条索粗壮，色泽褐红稍灰	内质汤色深红	香气纯和	滋味醇和	叶底褐红欠匀、尚嫩
普洱金芽	单芽类，全部为金黄色的芽头，色泽褐红亮，条索紧细	内质汤色红浓明亮	香气馥郁、持久	滋味浓醇、回甘	叶底细嫩、匀亮

以上熟茶特征大家只要多在茶叶市场仔细鉴别，还是能渐渐掌握分辨技巧的。特别是仔细鉴别商家放在外面专门供茶客品鉴的样品，就能不断丰富经验，逐渐专业起来。

各级普洱晒青茶的品质特征

级别	外形条索	色泽	整碎	净度	内质香气	滋味	汤色	叶底
特级	肥嫩紧结，芽显毫	绿润	匀整	稍有嫩茎	清香浓郁	浓醇回甘	黄绿清净	柔嫩显芽
二级	肥壮紧结，显毫	绿润	匀整	有嫩茎	清香尚浓	浓厚	黄绿明亮	嫩匀
四级	紧结	墨绿润泽	尚匀整	稍有梗片	清香	醇厚	绿黄	肥厚
六级	紧实	深绿	尚匀整	有梗片	纯正	醇和	绿黄	肥壮
八级	粗实	黄绿	尚匀整	梗片稍多	平和	平和	绿黄稍浊	粗壮
十级	粗松	黄褐	欠匀整	梗片较多	粗老	粗淡	黄浊	粗老

三、普洱茶品鉴

有了好茶，如何泡出最佳口感的茶水？我们和阿刀继续进行了探讨。

大多数中国人估计都泡过茶，只要有茶叶、开水和茶杯就能进行。但是要泡出一杯好茶，可不容易。

泡茶要有原料优良、制作精湛的好茶。景迈山的茶，不用说，真是好茶。泡茶用水要求最好是软水，水质太硬容易减损茶味。好茶容易买到，好水可就一壶难求了。目前中国的大都市自来水水质要泡出好茶似乎是不太可能的。景迈山的自来水水质非常好，泡出来的茶口感也是绝佳。泡茶火候也有很高的要求，不同的茶叶对火候有不同的要求，总的来说久沸的开水影响茶汤鲜爽度。精心选择的茶具也是喝茶必不可少的器物。清代袁枚说："美食不如美器。"美食需配美器。随着茶文化的不断发展，茶具材质越来越多样化，金、银、玉、水晶和瓷等材质应有尽有，数不胜数。我曾在西安参观过一次茶具展，其中的一套水晶茶具实在是精美无比，其他茶具与之相比都相形见绌。我总在想，如果用这样的水晶茶具泡茶，茶汤应该会更加明艳动人，不会喝茶也会想尝一口吧。漂亮的茶席也为好茶增色不少，一般在专业性较强的茶馆才能见到比较讲究的茶席，在普洱古茶园调研期间，茶商宣传茶叶一般不会精心准备茶席，但是泡茶的茶桌却是千姿百态、价值不菲的高级茶桌。如果在这样的空间精心布置茶席，品茶一定是非常高雅的享受了。茶艺是泡茶技术和艺术的综合体现。最近几年以来，随着人们文化生活水平的提高，茶艺也越来越受到重视。但目前景迈山茶农们还没有太多的人学习茶艺。阿刀也忙于家族企业，没有时间进行专门的茶艺学习。宾客们在阿刀的家围着她家的大板桌品茶聊天，比较随意，听着阿刀讲述她的幸福人生和茶叶知识，时间在一杯一杯的生茶与熟茶切换品味间慢慢滑过。

要是饼茶，取饼的上、中、下层均匀等量，碎末应筛掉，尽量保持全叶状态。普洱生茶冲泡时水温要高，通常用95~100℃的刚沸水。泡茶要用现烧开的纯净水冲泡，普洱生茶冲泡时先要温盏，还要用开水醒茶一次。新出厂的生茶较苦涩，一般前几泡冲泡时间要短，几十秒钟即可（要是砖沱茶可能头一两泡需闷泡，使茶结散开后再用饼茶的冲泡方法），后几泡依茶的变化而推迟冲泡时间，3~5年生茶投放量较新出厂的生茶要少些，水温要较高些。

生茶的冲泡器皿要根据茶叶的陈化期长短、发酵度高低和茶叶的紧结度来选择。

“陈化”指普洱生茶在制成之后经过妥善储藏，生涩味逐渐减少，滋味趋于醇和的过程。陈化期较短、发酵度较轻、茶叶较松散的，可以选择盖碗、瓷壶或者鼓腹矮身大容量紫砂壶；陈化期较长、发酵度较高、茶块紧硬的，用能够保温增温的高肩紫砂壶更能泡出茶的真味。盖碗比紫砂壶容易控制出汤水流及速度，可以有效避免闷泡；而紫砂壶保温又透气，可以最大效率浸泡出茶汤味道。在我走过的“云南普洱古茶园与茶文化系统”中，古茶园卖茶人几乎都是用盖碗为我们泡茶，同时都是用透明的玻璃杯为我们斟茶。无色透明玻璃杯能最真实地让茶客观察到茶汤本真的颜色。如果自己在家冲泡，当然是可以选择更高档的茶具，但白瓷泡茶是比较理想的家用茶具，便于观察茶汤颜色。像紫砂壶这样的茶具虽能保温留香，但不易观赏汤色。

冲泡普洱熟茶，一般选用泥质细腻的紫砂壶，茶与水的比例1:50~1:30都可以。取适量的普洱茶放在紫砂壶或其他茶器具内，加入烧开的水（最好不要用自来水，因为会有漂白粉的味道，对茶汤的滋味会有影响），盖上盖子十几秒后倒出茶水。都市生活的快节奏让人觉得这几十秒的等待都比较费时，所以品茶是要有时间和有耐心的。接下来第一道程序为洗茶，也称为涤尘，茶水一般不饮用，只是用来洗烫杯子。很多初次接触普洱茶的茶客一般都不知道首先需要洗茶。经过洗茶，茶汤会更加干净透亮。第二道程序为醒茶，也是加入适量的开水，约30秒后再次倒出茶水，一般也不饮用，用来烫洗杯子或是用来养紫砂壶，这样经过两次的洗茶后，第三次加水（泡熟茶水一定要开，普洱熟茶的冲泡方法最好是用电磁炉烧水），闷泡30秒至1分钟（根据喝茶的浓淡或是投茶量的多少来决定闷泡时间），冲泡出来的茶就可以品饮了。这样泡出来的茶不但汤色清透，口感也很纯正，没有杂味。泡茶、品茶是一种慢生活节奏，冲泡过于着急也就无法体会个中滋味了。普洱茶一般在经过10多泡的冲泡后颜色开始逐渐变淡，这时就可以换茶了。云南普洱茶非常耐泡，普洱熟茶通常可以冲泡10~15次，更耐泡的则可以有20多泡，也可以根据自己的口味来调整换茶时间。喝完茶后，倒出来的茶渣可以煮一下用来晚上泡脚，这样可以起到帮助睡眠的作用，而且还可以用来种花，由于茶渣营养丰富，花会长得更动人。

好茶泡出来，需要爱茶之人来品饮。陆羽在《茶经》中云："茶有九难：一曰造，二曰别，三曰器，四曰火，五曰水，六曰炙，七曰末，八曰煮，九曰饮。"其中陆羽提出了一个重要的观点："夏兴冬废非饮也。"也就是说，饮茶应该是一以贯之，不是临时兴起。阿刀告诉我们，他们就是一以贯之的爱茶人，已经有茶瘾，喝茶就是每天的必修课。

饮茶不只是解渴，能够品茶才是更高的境界。如何品茶？茶用嘴品，却要用心去悟。品茶是阿刀和景迈山茶农与茶客们最愉悦的精神享受。当然，要品出茶中滋味，还需先修身静心。

静心品茶，可以让我们忘却人间的烦扰，感受一丝轻松愉悦。浅啜细品，苦涩与清香影射人生沉浮，那种清浅浓淡的茶香，使我们悠然自得。可以说：茶如人生，人生如茶！我们能拥有如此一段轻松愉悦的时光已经是最幸福的人生了。此刻，什么也不想，什么也不做，只是静静地品茶，欣赏着景迈山绿色的世界，呼吸着最清新的空气，只愿时光就此凝固。

品茶第一要选择一个雅致的环境。一种典雅宁静的环境，有利于心境放缓，而且可以给精神一种升华，美景加之茶香味，人生一大乐哉。我曾在云南农业大学莫小平老师的书房与她一起品茶。她的书房清新雅致，满墙的书柜，宽阔的空间，悠扬的音乐，楠木茶桌上有几个可爱的茶宠。在这样书香满屋的优雅环境中，觉得茶也特别的好喝，内心特别的宁静。景迈山茶农们的品茶室随着他们收入的逐年增加也越来越宽敞漂亮，尤以安门家的品茶室最为豪华。阿刀家的则比较简单，但也足够宽敞。他们放置茶席的茶桌，没有最大，只有更大。第二要选择合适的茶壶。茶壶的质量影响泡茶的效果，如瓷壶属于密度高的茶壶，沏出的茶香味清扬，适合绿茶、香片、清茶、红茶等清扬风格的茶叶。而陶壶则属于密度低的茶壶，沏出的茶香味低沉，所以适合选用普洱、铁观音、佛手等味道低沉的茶叶。第三是观茶。用水冲茶时，可欣赏茶叶在冲泡时上下翻腾的画面。在茶叶浸泡时，则可欣赏茶叶逐渐展开的过程。茶泡好之后，可以观其颜色，用视觉感受茶的香味。所以品茶不仅需要心情，还是一件需要花时间的事情。第四是闻香。在喝茶之前，阿刀让我们端杯置于鼻下，轻吸气，以感受茶的香味。不同山头的茶叶，香味各有特色。景迈山的茶叶有一股醉人的蜜香。第五是品茶。品茶时不要牛饮，可先呷一小口，然后在口中展开，闭目慢慢地感受茶的味道。最好低头品茶，因为口中上颚与鼻腔的交接处是嗅觉对香气最敏感的地方，可以更好地感受茶香味。不同山头的茶叶，香味各有特色。景迈山的茶叶有一股醉人的蜜香。第六是回味。当饮一口茶之后，不要急于饮第二口，先回味一下留在口中的余香。景迈山的茶回甘味道非常好，就算只喝了一会儿茶，大半天口中都是甘甜舒爽，不会有口渴之感。即使过了半天接着喝的是白开水，口中也是茶叶回甘的滋味，悠长悠长，甘美如饴。最后，普洱茶一般在冲泡两三次之后味道更佳。静心慢品，才能品出滋味，品出好茶！

四、普洱茶收藏

近年来，普洱茶价格走高，爱茶之人藏茶之风兴起。我们的话题又转到了如何收藏普洱茶。阿刀告诉我们，收藏普洱茶主要指的是收藏普洱生茶。普洱熟茶已经充分发酵，存放时间不能太长，没有收藏价值，只能短期贮藏。

在收藏方面，普洱茶对室温和湿度的要求都比较高。藏茶室温不能太高或者太低。温度过高，会加速茶叶氧化，影响茶叶品质。温度太低，不利于茶叶的陈化。湿度是普洱茶品质形成的重要因子之一。平均湿度控制在75%以下才能形成普洱茶良好的品质。但一般的家庭藏茶，只要注意普洱茶和其他绿茶、乌龙茶不同，不需要隔绝空气，相反喜好通风干燥的环境，保证不要受潮发霉变质就行了。存放时千万不要接触到油烟、香烟染到的地方，切忌放在衣柜。普洱茶非常容易吸收味道，吸收了杂味，就会大大贬值，味道也会大打折扣。所以可将普洱在陶瓷缸中存放，不要受阳光直射或雨淋即可。

怎样收藏普洱茶？收藏普洱生茶，阿刀建议我们选购紧压茶。因为紧压茶耐贮藏，贮藏中内含物质的变化有利于后期品质的改善和提高。最好是每年都购买好的厂家的新茶收藏，新茶价格不高，且年限越长味道越好。好的品种都要买个一筒加一片，一筒藏着，一片不定期地拿出来喝，看看有没有令人惊喜的变化出现。在写作本书的过程中，茶商朋友们赠予我收藏的生茶被我不定期拿出来喝，的确发现有非常让人惊喜的变化，茶叶越来越醇香。若是有更多的钱便可买下一件加一筒，一件藏着，一筒留给自己喝。时机一到，便可卖那一件。如果依照以上的方式买茶藏茶，自己慢慢会有越来越多的陈化茶喝。这样的收藏方式非常科学，既有存茶，又有好茶喝。有人算过，一个人每年的普洱茶用量一般也就一筒。即打算喝普洱茶30年，用量只是30筒而已。慢慢喝，时间很快飞逝了。最后发现，其实人生，也就是喝几十筒茶的时间而已。

五、景迈情未了

由于肩负着为本书拍照的任务，我来不及多喝两泡阿刀家的纯料古树普洱，急忙请杨教授的学生开车送我们去糯岗拍照。没想到阿刀马上热情地说："我们家司机送你们过去就行了。"素昧平生，一面之缘，却是热情相待，令我再次领略了景迈山各族儿女拥抱世界的热情。

我们跟着司机在景迈山颠簸的山路上行车20多分钟，来到糯岗。糯岗不大，村子里有民居、店铺、公厕，还有一个非常有历史感的谷仓保留了下来。

时间紧，我们登上糯岗观景台，拍摄了这个傣族民居保存最好的寨子全景照就往阿刀家赶。回到阿刀的家，杨教授带着我们起身告别。景迈山之行也结束了，但是和阿刀的情缘才开始。我们互留了微信，后来我在微信上经常看见阿刀晒出的景迈山节日文化、茶文化的图片，我在图片上见到了景迈山开门节的盛况，烟花、舞蹈和美食装点的节日生活。傣族人民自己制作的节日粽粑小巧精致，绿色的竹叶外皮包裹着糯米，三角形的外观，看起来感觉清香扑鼻。

有一天我看见阿刀又晒出了傣族土锅茶，邀请大家去喝。柴火上炖着一口不算小的陶瓷土锅。我问阿刀，这个土锅是山上制作出来的吗？她说不是，是山下村民背上来交换茶叶的。我又问阿刀这个土锅茶怎么泡，她回复说："先把锅洗干净，预热，然后把事先炒香的茶叶放进去加水煮开就可以了。"炒茶叶除了把茶叶放进锅里直接炒以外，还可以加烧红的炭一起翻炒。我在景迈人家喝过这样的烤茶，有火烤过之后的香味。这样炒过的普洱茶比直接饮用生茶喝起来肠胃更舒服，去除了茶叶的寒气。曾经有一个美丽的夜晚，我在景迈人家的火塘边，喝着烤茶，吃着干巴，同时观赏着傣家美少女们曼妙多姿的舞蹈，想一想惬意人生也不过如此而已。

阿刀的微信让山外的朋友们随时都能领略景迈山浓浓的地域茶文化。在秋天柑橘成熟的季节，阿刀晒出金色的柑橘和成片的柑橘林。柑橘是做柑普茶的好原料。柑普茶在广东和其他地方都比较受茶客的欢迎。我问她怎么我上山的时候没有见到柑橘树，她说这些柑橘树在很远的地方，我们是不可能翻山越岭去发现的。看她晒出的图片，景迈世家选用的柑普茶原料基地不仅路远，草还特别深。

阿刀的微信朋友圈信息也更凸显了她热情开朗和大方的个性。如果说景迈藤腊的安门像月光美人一样含蓄内秀的话，阿刀则像美丽的孔雀公主，用她火一样的热情在展示着景迈山民族文化，在欢迎着热爱景迈山、热爱茶文化的人们！

糯岗傣族水寨

Agricultural
Heritage

螃蟹脚通常在上百年的古茶树上才能找到，其生长极为缓慢。刚刚采摘下来的颜色是绿色的，晒干后变成棕黄色。用螃蟹脚炖煮鸡汤，美味而且具有极高的营养价值……

一、茨竹林生态美食

在去普洱市思茅区茨竹林村寻访老安寨古茶园的路上，我们曾路过一个现代茶园。在这个现代茶园沟壑旁的空地边，不时还有一些可以和茶叶一起栽种的蔬菜。同行的曹主任指给我们地上一大片看起来就是瓜叶的菜问："知不知道这是什么东西？"我们这些书生，都没有农村生活经验，只有摇头。他告诉我们这就是地黄瓜。地黄瓜我以前也没有听说过，只是在逛昆明的菜市场时见过两种类型的黄瓜，一种颜色淡黄，比较粗，一般被称为本地黄瓜，在我小时候生活的四川是没有的；另一种是长长的深绿色的黄瓜，是从外地引种到云南的，在全国很多其他地方几乎都能看见。来不及深究这个地黄瓜，我们又继续赶路，终于在11点多钟到达茨竹林芒蚌村民小组。车停在曹主任熟悉的一户农家，等我跳下车，看见先到的杨学宏车上的二姐和同行的李浩弟弟已经在吃瓜了。这个瓜就是大家非常熟悉的木瓜，黄色，内有黑籽。近年来木瓜的美容价值被众多美女追捧，于是市场上木瓜也成为颇受欢迎的大众水果。也不知道什么原因，转基因木瓜几乎占领了超市或普通水果市场，口感不是太好，价格还比较贵。看见他们吃得津津有味，而且大呼好吃，我赶紧去跟主人家要了一个。这个木瓜是树上自然成熟的，两手一掰两半，去除黑籽，马上就可以入口。多少年没有吃过这样美味的木瓜了，黄澄澄、甜滋滋、香喷喷，口中就是大自然生长轮回的自然滋味，混合着无污染的阳光雨露滋润出的甘甜。林老师和李浩完全成了真正的吃瓜群众，也不顾什么吃相了。大口大口吃吧，反正上海是吃不到的。

告别农家，我们向村委会出发。到达村委会所在地时，已经中午了。村委会没有食堂，工作人员要自己动手做午饭。我于是问曹主任，你们早饭怎么办？他说几乎没时间吃早饭，早上8点来到办公室，村民

思茅区茨竹林地黄瓜

们已经有各种问题在等候解决，就这样一直忙到中午。在我们一路行来的大半天时间，曹主任的手机都在不停作响，他们正在围绕为村民引进沃柑种植的事情忙乎，工作上的事情的确不少。

看见这么艰苦的条件，我们大家一起动手做午饭。这时候我才发现，路边买的菌子、菠萝和地黄瓜都上了我们的餐桌。小陈专门炖好了土鸡，曹主任亲自炒熟了奶浆菌和牛肉。由于上海来的老师不吃辣子，于是切好了原味的地黄瓜和菠萝，再加上腌萝卜，一桌地道农家菜准备好了。土鸡就不用说了，是山村放养的吃苞谷长大的，鸡肉鸡汤都香喷喷。就连普通的腌萝卜也是酸甜可口，让同行的法餐大厨李浩弟弟赞不绝口。最让我们没有想到的是地黄瓜和菠萝，都那么美味。菠萝显然是自然成熟的，超级甜，没有人工捂催熟的添加剂味道。而地黄瓜，真是不知道要用什么词语来形容，平时在昆明也能吃这个菜，但是完全吃不到在茶园里套种的地黄瓜这样的滋味，没有农药化肥的味道，只有清新自然的香甜。林老师在上海根本吃不到这么好的蔬菜，只见他埋头吃饭，除了说好吃，就只顾吃了。李浩弟弟说林老师平时在上海，每天吃1碗饭，来云南每天至少吃3碗饭。大美云南的天然食材在交通不便的普洱思茅区乡村让上海的朋友们食欲大增，也不顾吃得多是否会长胖，影响身材了。杨学宏还拿出在那澜公路边买的竹香饭给我们品尝。细细的竹筒里面装着米饭。我们不会剥，都无从下手。只见杨学宏顺着竹筒边用手撕掉外层竹子皮，留下里面一层米色的竹纤维，完整的竹香饭一根就可以入口了。咬一口，真的有山野竹子的清香。

茨竹林之行以其良好的生态和自然村天然的食物让人如此难忘！亲爱的读者朋友们，曹主任和他热情的村民们正在等待着你们的到来！

二、墨江碧溪古镇哈尼味道

墨江，太阳转身的地方，这里有热情质朴的各族儿女，也有闻名遐迩的地方特色美食。墨江最为有名的地方名优特产就是紫米。紫米仅在湖南、四川、贵州、云南等地有少量栽培。因呈紫色而得名的墨江紫米，素有“米中极品”“长寿米”“药米”“世界米王”“月米”“补血米”之称，属糯米类，俗称“紫珍珠”。紫米具有益气补血、暖胃健脾、补肝补肾、缩小便、止咳喘等功效，富含铁、硒、锌和维生素B。碧溪古镇的小商铺几乎家家都有紫米售卖。墨江紫米粒大饱满，黏性强。

在李组长家的小店里，我们还发现了紫米酿造的酒。李组长家货架上除了茶叶，还有酒卖。酒是当地农作物品种酿造的，有玉米酒、苦荞酒、橄榄酒和紫古老酒等。紫古老酒就是老品种紫米酿造的酒，但是在为了提高单产，杂交水稻普遍推广的今天，紫米也改良出新品种。李组长说他卖的紫古老酒必须是老品种紫米酿造的才有人买，因为新品种酿造的紫米酒会有涩味。新品种紫稻植株比较矮，老品种紫稻比较高一些。真心希望墨江紫米老品种种子能够一代一代传下去，作为优质的地方种质资源为子孙后代造福。在售卖紫米的商铺，还卖薏仁米、玉米粒和大红菌等农产品。在这里看见的薏仁和其他地方的不一样，被称为糯薏仁，外观看起来颜色更白、颗粒更大。玉米粒也是紫色的糯苞谷打碎的。因为紫米出名，我们就买了一些紫米，后来发现买的紫米也是紫糯，煮成稀饭以后有很大的黏性，但非常美味。墨江古镇的大红菌也比普洱其他地方的更便宜。

我们离开李组长家的茶园下山回古镇，碰见了国庆节带学生前往景迈山调研的吴教授一行，再次陪他们从碧朔古城楼进入古镇，走到八角亭。我爬上八角亭，看见亭子的木门和城楼的木结构房门都是一个图案，看不出来像什么，又有点像什么。我上网查阅，原来这是哈尼族代表性的符号，代表吉祥、天地与阴阳。

因为已过中午，该吃午餐了，我们一行7人开始打听起碧溪古镇的美食。卖大红菌的店铺老板告诉我们，古镇豆腐是一大特色，往八角亭左转下去就能看到。还有豌豆粉也是特色食品，往八角亭右转上去便可以看到。凉粉店铺的对面就有一家古镇农家乐。于是我们选择了凉粉店铺。果然，凉粉店铺生意很好，门前摆满了事先准备好的一碗碗凉粉，只等顾客购买后添加好作料就能食用。我们马上买了两碗品尝，觉得其实味道很一般。吃罢进入对面的和盛农家享用午餐。和盛农家看起来也是一座有几十年历史的老宅，黄砖青瓦。入内，照壁背后就是一个很有

墨江碧溪古镇特色小吃紫米饼和玉米饼

情调的农家小院，墙上装饰有农具和花草等，院子里还栽有鲜花。10月的墨江天气还不冷，我们就在房檐下的院落里就餐。吴教授点了一些当地特色的菌类和肉类，典型的农家菜的味道。

碧溪古镇街道边卖各种小吃的也不少。儿子好奇，看见平底锅中的粑粑想吃。一问老板，才知道这锅里是紫米饼和玉米饼。玉米饼可能大家只见过黄色的，但是因为这里的玉米是紫糯玉米，所以制作出来以后颜色就成为褐红色的了。

在第三次踏上墨江土地的时候，总结前两次的墨江行，感觉只有紫米和大红菌是墨江最美好的记忆。但第三次墨江行则颠覆了所有的认识。在我们随意选择的县城江南记忆客栈的旁边，没想到就是墨江的一条美食街。由于是春节期间，店铺开门不多，随机走进一家已经记不起名字的餐馆，没想到各种菜品美味无比。记忆最深刻的就是墨江特色食品紫米肠，把紫米灌装在猪大肠中，蒸熟食用，味道相当好。店家还有一道土鸡特色菜，因为过年，我们已经天天在吃鸡，实在不愿意再吃，错过了品尝这道美味土鸡，因此菜名都没有用心去记。这种土鸡是装在一个大土陶缸子里，大缸子有4岁左右的小孩那么高，胖胖的，里面不知道装了多少只鸡。这个鸡就是他们家最具特色的菜，在吃过店家的其他菜品之后我们开始后悔，应该点这个土鸡做的特色菜，肯定会是一道让人难忘的美食。算了，每次行程总会留下一些遗憾，就把这个遗憾当作下次再来的理由吧。

三、孟连特色傣味

傣族是一个聪明、勤劳的民族，而且特别善于制作美食。孟连傣族拉祜族佤族自治县的傣味是让人记忆犹新的。在土司府门口有一小吃摊点，傣味凉粉让人叫绝。凉粉呈肉红色，切成方块状，傣味作料酸酸甜甜，咸辣适度，非常可口。

离土司府不远处的咪罕根宅，是孟连县定点农家乐，他们家的特色菜让上海的林老师和李浩两人赞不绝口。我们5个人点了一桌子食材新鲜、具有本地特色的饭菜，其中一道蒸出来的瓜花包肉，蕴含着瓜香、花香和土猪肉的美味。清炖土鸡就更别说了，放养的土鸡才有清炖的资本，不会暴露出饲料的腥味。

最想告诉大家的是，孟连傣族餐馆，不论你走进哪一家，几乎都不会让你失望。在我们风尘仆仆从澜沧到达孟连娜允古镇美食街的那个中午，我们随意走进了一家傣味餐厅，林老师又看见了他想念的小炒肉和地黄瓜。傣味小炒牛肉会放一些苤菜根等香料，加上土黄牛肉，食材和味道都没得挑剔。于是这顿午饭让我直接傻眼了。服务员上完菜，抬过来一脸盆饭。我马上跟服务员说，倒回去一半，不可能吃那么多，浪费了。可服务员笑笑摇了摇头，忙自己的去了。饭菜味道的确好，大家吃了一碗又一碗，平时只吃几口饭的我也吃了满满一碗，等大家放下筷子，我回头看看放在我身后的一脸盆饭已经颗粒不剩……

芒中的茶当然也是清香可口，由于时间紧、任务重，我们在孟连未能体验傣味烧烤。傣味烧烤也是傣家美食一绝，相信体验过傣味烧烤的读者朋友们对盛装烧烤的芭蕉叶也是难以忘记吧，美味与天然食材的香味相映成趣，长久地停留在舌尖，停留在生活的美好记忆之中。

孟连，就像你的名字一样，就是我们探访古茶园之行找到的一个好地方！

孟连芒中古茶园

四、宁洱那柯里茶马驿站马帮菜

那柯里不仅有美丽的人居环境、神秘的马帮故事，它的美食还吸引着来来往往的饮食男女。在4次普洱寻茶的征途中，我两次专门到那柯里停留。我们想去尝尝也许是过去马帮人吃过的饭食。于是我们在荣发马店请店家随意给我们配上适合午饭享用的几个地方菜。等待不算久，店家女主人（应该就是李爷爷的大儿媳）招呼我们上二楼用餐。圆桌正中是一盆新鲜竹笋炖鸡（这里的鸡完全是放养的，饿了捉捉小虫，累了歇息在竹林下花草里，闲了四处逛逛；竹笋上午才砍剥，中午就上桌），另有一盘辣子炒奶浆菌（云南的菌子早就名声在外，种类多，鲜美异常），一盘清炒面瓜花，一碗嫩豆花（豆好水好，制作工艺古老，石膏点豆花，鲜嫩又醇厚），一碗白菜丝煮鲜豆浆（谁说豆浆不可以有闺蜜）。不拘什么口味，不拘烹调方式，不拘秘方明法，食材好就是真的好，所谓一白遮百丑也。时而狼吞虎咽，时而细嚼慢咽，美食很快如风卷残云全部进了胃里。吃完饭，我忍不住琢磨是什么豆子做出来的豆浆如此美味，于是要求店家带我去看制作豆浆的大豆。拿起一颗，仔细端详，不是滚圆的豆子，而是不规则的。打电话询问有经验的四姨，她说这种就不是转基因大豆了是本地老品种黄豆，加上生态良好的生长环境，难怪豆浆如此美味。

普洱的甜笋也是一绝，尤其是在普洱的乡村餐馆，新鲜的甜笋真是又甜又嫩。荣发马店的服务员剥甜笋的技术是又快又好，我们餐桌上那盘甜笋就是这位阿姨刚刚剥出来的，美味无比。在茨竹林的时候，曹主任指着路边的竹笋告诉我们哪种是甜笋，哪种是苦笋，我觉得像听天书，汽车在各种竹笋前飞快开过，根本来不及仔细研究。他们本地人如数家珍，我甚是羡慕。

宁洱那柯里甜笋

第二次的宁洱之行，没想到我们偶遇的宁洱画家王天竟然曾经在那柯里开过马帮菜馆，于是我们专门向他请教当年马帮行走在山水间能吃到什么样的饭菜。王总说：“马帮如果到达驿站，还能够在驿站吃到当地人的家常菜，但是如果在路上，就得生火做饭，吃自己携带的粮食。”马帮携带的炊具主要是铜锅，用来煮铜锅红米饭。红米就是马帮主要的粮食，在云南红河州哈尼梯田和普洱墨江的稻田里我都多次见到过，在云南比较常见。马帮携带的菜品主要有火烧干巴、盐豆、豆豉、腊肉和花生等便于携带的食物。火烧干巴一般是牛干巴，采用肥膘黄牛，选其无筋、顺刀之精鲜肉，配以多种名贵且具清热降火功效之天然香料，经木炭火烧、木槌舂制而成，肉质细软，原汁原味，干而不

宁洱那柯里马帮菜铜锅红米饭

燥，好吃不上火。据说牛干巴具有健脾开胃、便秘调理、更年期综合征调理、营养不良调理的功效。火烧干巴原为傣族宫廷名菜，也是傣族三大名菜之首，现在各种傣味餐馆几乎都能见到它的踪迹了。

第二次专程到那柯里缘于路途偶遇的同事邀约，在各自的考察行程结束返回普洱相遇而相约。我们跟着同事前车的导航一起走上了冤枉路，跑到了那柯里的山上。山路弯弯，不时还有塌方的地方，对头车也遇不到，越走越心惊胆战。在一个拐弯处看见一棵大榕树，心情才稍微平复，毕竟这是傣族村寨的标志。停车果断返回原路，下山发现，走错路的那里再向前就已经是那柯里了。再次到达那柯里，人多了很多，因为这是国庆长假。宁静的那柯里变得非常热闹，我专程探访马帮菜，发现上次走过的这个像亭子样的小楼就是马帮菜餐馆。店家正在厨房忙乎，门口摆着绿色的小苦瓜。我很好奇，一问才知这是本地的野生小苦瓜，我们平时吃的都是大苦瓜。这苦瓜看起来非常鲜嫩，但由于自己不是太喜欢苦瓜，所以未能替读者们品尝一下。

进入厨房，看见柴火上正在煮饭，就是马帮们食用的铜锅红米饭。我们居家现在都是用电饭煲，煮出来的饭没有过去甑子蒸出来的香。这铜锅的饭看起来就很好吃，如果再能讲究一点，放一些洋芋和腊肉，做成铜锅洋芋饭，就更加香了。在云南很多餐馆都有铜锅洋芋饭售卖，特别是我家楼下的一个铜锅鱼餐馆的洋芋饭，最为美味。洋芋入口就化，米饭不软不硬。

那柯里还有一家叫高老庄的餐馆，餐馆除了有地道美食之外，还提供贡茶制作体验。餐馆老板的孙子专门到宁洱县跟困鹿山贡茶制作技艺"非遗"第八代传承人李兴昌学习过制作贡茶，于是在家开办了贡茶制作体验作坊。只是由于接我们返回宁洱的司机已经到达，未能在他家体验贡茶制作。

行走在那柯里，有美食，有美景，有历史，有文化！茶马驿站今天仍然焕发着勃勃生机！

五、景迈人家茶叶宴

景迈人家是一家位于景迈山芒埂村民小组的客栈。从山下惠民镇上景迈山，就要先路过芒埂，才能到勐本、景迈大寨以及芒景村等。

我第一次到景迈人家是2016年11月底，为本书的写作进行首次调研。我和同事刘雯被安排住进了景迈人家的单人间。当办好入住手续，打开房门的那一刻，我们都很惊叹，在这远离祖国心脏的中缅边境大山深处，有这么一处饱含民族风情的精致客栈。

客栈是全木结构的傣族特色庭院，客房只有两层楼。单人间均设计为复式楼，舒适的大床。房间设计小巧精致，每一处细节都非常考究。客栈房门装饰为傣家的藤编，内部门锁为木头插销，外锁为老式铁锁。开门的一刹那对于我们这代人来说仿佛就是回到了自家小时候的老屋，倍感亲切。景迈人家的院子里有棵粗大的榕树，树荫覆盖了大半个庭院。听景迈人家的傣族妹妹说，遇到节日祭祀的时候，老人们都会带着乡亲们来树下祭祀。

景迈人家的老板娘仙贡，非常年轻，刚刚30岁出头。她个头不高，

景迈人家大门

非常瘦。在2017年8月再上景迈山的时候，我入住景迈人家的两天，几乎都能看见仙贡每天带着小儿子在庭院里的身影。

第二次赴景迈山，有了更多的时间接触到已经在云南以及农业文化遗产保护方面有相当知名度的致富女能手仙贡了。她跟我们娓娓道来似乎就是跟着感觉走的30多年来的人生经历。

仙贡，傣族，中共党员，1984年生，系澜沧县景迈人家茶叶农民专业合作社法定代表人、澜沧县个私经济协会理事。小时候，仙贡特别想离开大山，到外面去求学和生活，因此拼命努力，一门心思就是要离开大山，如愿考入了重庆社会工作学院。但是2001年毕业后，她还是回到了家乡澜沧县参加公务员面试，后来还到一个乡财政所做过会计。

2002年，她开始在惠民镇景迈村从事茶叶的生产及加工销售，之后便成立了澜沧县景迈人家茶叶农民专业合作社，并注册了商标，推广实施了茶叶标准化收购、工厂化加工生产。但是，直到2003年，当地政府着手保护景迈山古茶树，仙贡才意识到，原来自己生活在古茶林之中。从此，她更加重视茶叶的品牌化建设。

2006年以来，她大胆提出，要振兴茶叶必须开始创建属于自己的茶叶品牌。为了拥有自己的品牌，她多次聘请技术人员到茶厂指导，自己也多次到国内茶叶加工技术成熟的地区去学习，在外出参观学习后，将先进的管理方式引入到自己的合作社中。她与茶农签订产品订购合同，双管齐下促发展。2011年以来，除了建立茶厂外，她还投资200万~300万元新建茶楼、客栈和餐厅，这样一来就让茶叶的销售经营多样化，与此同时也使当地的财政税收得到了大幅度的增加。为了可持续发展，茶厂对所属范围的茶农进行帮扶，并且招收一大批茶农进入厂里工作。合作社生产的茶叶外观包装设计充分发掘了傣族传统文化。景迈人家每一款茶品名字都精心考究，白茶取名柳娥，古树春茶取名春苒，普洱生茶取名倚翠，古树秋茶取名菡秋，等等。

景迈人家客栈在2012年之际投资兴建。景迈人家客栈投资300万元，设计思路来自云南师范大学一个研究社会科学的教授。最后请建筑师画图，施工队修建，目前成为景迈山上最具傣家风情的特色酒店。

仙贡热心公益事业，长期致力于保护民族文化，捐赠修缮傣族寺

景迈人家傣味茶叶炒牛肉

庙，向景迈村完小捐赠学习用品，积极向村民开展党的民族政策方针宣传教育活动。

景迈人家客栈最值得称道的还是美味的傣味餐厅饭菜。第一次赴景迈山的时候，当地人就告诉我们景迈山上饭菜最好吃的地方就是景迈人家的餐厅。吃过之后，的确名不虚传。餐厅的成功之道就在于利用了景迈山鲜嫩的古茶树茶叶做出各种美味。各位亲爱的读者，如果选择了景迈山普洱茶文化之旅，一定要到景迈人家品尝特色茶宴。特色茶宴主要食材就是茶叶，有8个菜品，分别是：螃蟹脚炖土鸡、茶叶炒牛肉、茶烧猪肘、茶叶蛋饼、茶叶酥、茶花炖蛋、茶叶凉拌和茶饭。螃蟹脚不是茶叶，是寄生于景迈山古茶树上面的，因其枝条为节状带毫似螃蟹脚，故被当地人称为“螃蟹脚”， 闻之有浓烈的菌藻味和茶香味，这便是古书《本草纲目》中所言的“形如蚱蜢脚者佳”的螃蟹脚了。螃蟹脚通常在上百年的古茶树上才能找到，其生长极为缓慢。刚刚采摘下来的颜色是绿色的，晒干后变成棕黄色。用螃蟹脚炖煮鸡汤，美味而且具有极高的营养价值。使用螃蟹脚，有清热利尿、祛风除湿的作用，还可治风湿性关节疼痛、腰肌劳损等。每次我到景迈人家，总要点这一道菜品，土鸡汤与螃蟹脚的清香浑然天成，既滋补养生，又能去除旅途的疲劳。茶叶炒牛肉则是傣家小炒肉的一道地方特色菜品，牛肉混合了茶叶的清香，不腥不腻。茶叶蛋饼则是大人孩子都喜爱的美味，我们一行5个人，茶叶蛋饼上桌没有两分钟就已经扫荡干净。茶饭混合在景迈山下栽培的稻米中，米香茶香，茶宴生香。

景迈人家客栈后山有一处云海最佳观景点。第一次到景迈人家时，我和刘雯起了个大早，穿过厨房后门，爬上后山。山上一个人都没有，本想请服务员带路，无奈服务员还没有起床。我们也不知道观景点在何处，只能跟着山上的小路往上爬。还好在一处岔路口，有观景点指示牌。跟着指示方向往上继续爬，满山都是密林，有好多宽大的笋皮掉落地面，这些笋皮是可以用来包装茶饼的。乔木型茶树也很多，只是看

景迈人家火塘

不出是不是古树了。越走越高，树林越密，还是没有看见想象中的观景点，心中也不免有些害怕。我们两个不敢继续往上爬了，决定退回去随便找个地方拍照算了。没想到退回去一小段，刘雯突然发现观景点就在我们的右手边，原来我们竟然走过了。这也不能怪我们眼神不好，的确是树林太密，也没有修专门的观景台，仅仅是一个比较好看云海的地点，而且坑坑洼洼，只能将就站立。我们到达得正好合适，云海白茫茫一片就在山腰，远处的青山若隐若现，这似乎就是传说中的仙境吧。那时候正是11月底，属于看云海最合适的季节之一。我们出门时太阳还未升起，爬上山，观景台站定，太阳已经呼之欲出。我们赶紧掏出手机拍照，白茫茫的云海在太阳探出头的一刹那，变得金光灿灿。我们各种摆拍，把照片上传微信朋友圈，引得一片赞叹。而且在接下来的寒假，好多看了微信照片的朋友们跟着就上了景迈山。刚好在写作这个章节的时候，一个同学悄悄告诉我，她也将在这个季节奔赴景迈山，追寻普洱茶文化，瞻仰千年古茶林，欣赏和体验美丽的景迈山，最重要的还有品尝吃货们向往的茶叶宴。

08 茶园里的精灵

目前芒坝寨子周边有30多棵高大的榕树和菩提树，是鹦鹉寨鸟儿们的家园，被摄影界称为“中国的鹦鹉天堂”和“中国一流的观鸟摄鸟基地”……

茨竹林，不仅有古茶园，还有浓郁的民族文化与神奇的鹦鹉天堂。

在去茨竹林老安寨古茶园之前，我们在曹主任的带领下，前去领略他们村寨的一个遗址——茨竹林芒蚌佛塔。芒蚌村民小组有着悠久的历史和神秘的面纱。这里榕树林立，曾经是南传上座部佛教盛行之地。曹主任带着我们穿过杂草丛生的小路艰难前行，这里似乎已经很久没人来过，道路都被野草覆盖，周围都是参天树木。走到半路，林老师让我们看泥巴地面上一条整齐的小沟沟，一看就知道是蚂蚁做的工事。由于平时几乎不会有人进来破坏，蚂蚁的这个工事保留得很好。这条沟对于蚂蚁来说已经算是一个浩大的工程，大概有30厘米长，1厘米宽。大家小心翼翼地跨过它，就像我们不曾来过这蚂蚁的世界。一路披荆斩棘，10多分钟后，我们终于来到古佛塔遗址前。

芒蚌佛塔建于清代，系傣族南传上座部佛教石塔，是芒蚌大缅寺之遗物。塔基一层为方形须弥座，塔身3层，呈叠式灯笼鼓形，每个灯笼鼓形由上下两半石体合成一层，层与层之间有覆盖之塔槽石，塔高4.5米，塔基高0.9米，塔刹为葫芦顶，塔身下部稍大，上部微收，灯笼鼓形塔身有凸出直弧形轮廓6边，每面宽0.6米。芒蚌佛塔为傣族佛寺主要建筑之一，至今保存基本完好。芒蚌，清时属六顺傣族土司的辖地，居民以傣族、布朗族为主，保持了傣族的全部生活习俗，如泼水节、开门节、关门节，芒蚌大缅寺为昔日六顺土司所辖的数座缅寺中最大的一座，下辖酒房缅寺、南本缅寺、芒磊缅寺等。这些下辖缅寺的小和尚要升佛爷也必须要到芒蚌大缅寺举行仪式。逢年过节，土司家会率领众人到缅寺进行赕佛、祭祀活动。芒蚌大缅寺遗址历经风雨，现仅存一座佛塔和几根柱子墩墩。1987年芒蚌大缅寺被列入县级重点文物保护单位，2012年被列入市级文物保护单位。

在芒蚌大缅寺佛塔前，曹主任把一个流传在茨竹林的关于芒蚌大缅

思茅区茨竹林芒蚌佛塔

寺命运的故事给我们娓娓道来。100多年前，景谷县勐班村寨的一个叫苏二胖的地主恶霸，带领100多人到芒蚌抢劫。抢劫之后还不满意，跑到大佛寺，点火焚毁了寺庙房产。大火猛烈，只留下了石质的佛塔和几根石头墩墩。曾经盛极一时的芒蚌大缅寺消失在历史的烟尘之中。今天在大缅寺佛塔周围长满了各种花草树木，郁郁葱葱，几乎将佛塔遮蔽。如果不是熟知情况的当地人带领，外来游客是很难在杂草丛生的小道中摸索前进去寻找古遗迹的。

离开芒蚌，我们向茨竹林村委会进发，通向村委会的道路只是黄泥巴的普通村道，弯弯拐拐大半天终于到达有两层白色小楼的村委会。曹主任每天的工作就从这里开始。由于今天是周末，村委会里只有年轻的小陈在等我们到来。还没有进村委会大院，就看见院子围墙里高高的旗杆上飘扬着五星红旗，顿时一阵莫名的激动。经过大半天荒郊野外山路的奔波，突然看见五星红旗，似乎看见了亲人，在这远离祖国心脏的崇山峻岭中，我们也不形单影只，而是仍然在祖国妈妈温暖的怀抱中。

茨竹林不仅有珍贵的古茶园，还有一个鹦鹉天堂。离开村委会，我们马不停蹄赶到离村委会5千米外的芒坝村民小组。芒坝是布朗族寨子，就是之前提到的大山寨布朗族迁居建立的寨子。寨子里有10多棵上百年的大榕树和菩提树，它们是世世代代和村民们生活在一起的大紫胸鹦鹉的家，因此也被称为鹦鹉寨。大紫胸鹦鹉是我国所有鹦鹉科鸟类中体形最大的一种，为我国特产鸟，身长35~40厘米，芒坝现有400多只。它们羽色艳丽，姿态优美，能模仿人语，主要以树木果实、种子为食，特别喜食松树球果、浆果，多栖息于海拔2000米以下的山地针叶林和混交林中。随着森林的减少和人为的捕捉，近几十年来大紫胸鹦鹉日渐稀少，野外资源被严重破坏，目前仅在云南、广西、四川、西藏

思茅区茨竹林芒坝鹦鹉停歇在大榕树上

等地区少量生存，是国家二级保护动物及世界濒危物种之一。

鹦鹉们每天早上出去觅食，下午4点多就返回寨子休息和喂宝宝。以前村民们没有时钟，看见鸟儿们返回，就开始生火做饭了。我们赶到芒坝已经5点多了，鸟儿们都在树梢的家里休息了。曹主任带着我们登上村寨专门搭建的观鸟台，好大的一棵榕树就在观鸟台前方，树上不时有几只鹦鹉跳出来探头探脑，我们赶紧举起相机抓拍。

大紫胸鹦鹉是鹦鹉寨的神鸟，在这里无论是谁，如果敢打鹦鹉的主意会很麻烦！据说，村里曾经有位年轻人挡不住诱惑，悄悄上树掏了一对雏鸟出售，村里人知道后倍加谴责，年轻人迫于压力最后只能去赎回小鸟放回鸟巢。

芒坝这些美丽的精灵每年都会吸引大量的摄影爱好者前来观鸟摄影。曹主任带着我们进入村民的居住区，只见一处住宅的外墙挂满了摄影家们拍摄的各种鹦鹉图片，有的鸟儿正停在树梢，有的正在捕食，还有鸟妈妈正在喂食小宝宝的瞬间。艳丽的色彩，萌化的精灵，真是人与自然和谐相处的见证！

沿着鹦鹉寨村道一路向上爬坡，路旁都是一些大树，树上不时有鸟鸣。最后曹主任带着我们绕到了村民住宅的背后。眼前出现了3棵实在是让人惊叹的大榕树，那么粗、那么高，3棵并排，真的难以想象它们的年岁到底是几何。曹主任告诉我们，这是鹦鹉寨的神树，村寨的祭祀活动都在这3棵大树下进行。抬头看去，鸟儿们也在这3棵神树上安家，这就是一个人与自然和谐共生的文明天地。目前芒坝寨子周边有30多棵高大的榕树和菩提树，是鹦鹉寨鸟儿们的家园，被摄影界称为“中国的鹦鹉天堂”和“中国一流的观鸟摄鸟基地”。

在鹦鹉寨给我留下深刻印象的还有身着布朗族服饰的村民们。在现代化的今天，也许是因为生产生活的改变，很多少数民族聚居区的人都穿上了现代服饰。而这里的人们，却依然传承着民族传统，我一路上都可以看见身着艳丽布朗族服饰的村民。鹦鹉寨里还有好多老奶奶，在家里都能纺纱织布，制作出美丽的布朗族服装。芒坝高大的榕树、美丽的大紫胸鹦鹉和浓郁的民族风情都是那么让人难以割舍。

回程，大雨来了，我们庆幸在古茶园里没有下大雨。如果那样，道路泥泞，是绝对无法去看深闺中的老安寨古茶树的，也不能欣赏到芒坝鸟儿们在树梢的舞蹈。一阵大雨过后，天边出现了彩虹。神奇的雨，神奇的彩虹，神奇的古茶园，神奇的鹦鹉寨，神奇的茨竹林之行！

09 布朗茶园里的草药医生

扎生医生拿出了他的草药箱给我们看，告诉我们这是什么，那是什么；这可以治疗什么，那可以治疗什么。为了不让布朗族传统医学知识失传，扎生医生告诉我们，只要寨子里的年轻人谁愿意跟他学习草药知识，他都愿意用心传授……

在芒景村那个美丽的下午，我们邂逅了今年刚刚考上云南农业大学的高中毕业生布朗族少女叶亩。她是家中老大，布朗族女性老大按照排行取名叶。叶亩从中学就在澜沧县城上学，只有寒暑假才回到景迈山。这次巧遇，我们短暂的芒景村之行有了更充实的内容，也为我们节约了宝贵的时间。特别是在她的帮助下，我们寻找布朗族草药医生的计划终于得以实现。原来芒景村世代行医的草药医生世家就是她的大伯父家。

在叶亩的引导下，踏着夕阳，我们来到了她的大伯父扎生的家。扎生医生刚从茶园采茶回来，洗漱整齐换了衣服才邀请我们进门。他的家就是布朗族传统民居的木楼，在二楼的客厅里我们拉开了话闸。

扎生医生，1958年生，身材不高不矮，不胖不瘦，擅长治疗肠胃疾病，懂五六十种草药，他已经是家传行医的第七代传人了。扎生医生制作的草药都是在景迈山上亲自寻找而来的本地草药，按照家传草药本配方配制行医。只是扎生医生告诉我们，很遗憾家传的傣文草药本已经被付之一炬。现在，他又重新整理记录了一本草药本，只可惜我们到达时，光线太暗，已经无法拍照。我拿起扎生大叔的草药本翻看，草药配方一个接一个，每种配方既有汉语正规草药名，也有布朗族发音。因为布朗族没有文字，经书等都是使用傣文，傣文草药本被烧毁之后，扎生医生直接使用汉字同音字记录布朗族语发音了。目前景迈山布朗族能够使用傣文的机会已经不多了，基本就只是在宗教活动中念经的时候使用傣文，平时都使用汉字了。

扎生医生拿出了他的草药箱给我们看，告诉我们这是什么，那是什么；这可以治疗什么，那可以治疗什么。景迈山雨量丰沛，气候潮湿，很多山民都有风湿病，因此扎生医生还能用草药治疗风湿病痛。只是他非常着急，他所拥有的这些知识，已经面临无人传承的现实。他的儿子不愿意学习草药知识，做了一名光荣的人民警察。扎生医生说：“寻找

叶亩

草药非常辛苦，有时候为了配制成功一种方子，还要跑到缅甸那边去寻找。”为了不让布朗族传统医学知识失传，扎生医生告诉我们，只要寨子里的年轻人谁愿意跟他学习草药知识，他都愿意用心传授。听罢，我的心有些许忧伤，时代在变，传统难以传承，但却无力抗拒。还好叶亩同学考入了云南农业大学动物药学专业，也许将来有一天她能传承起大

草医扎生的草药箱

伯父的草药文化知识，布朗族的传统草药知识能继续造福于民。

扎生医生有3个孩子，除了大儿子在外工作，女儿都已出嫁，家里平时就是夫妻俩和老人。在聊天的空隙，我环顾他的家，昏暗的灯光下，客厅里就是简单的沙发、电视和冰箱等生活用品。他家也有茶园20多亩，但不全是古茶树，采茶季节比较忙，除此之外草药采摘季节就要忙着外出采药。他们这个年纪都是景迈山的老人了，为了不让布朗族传统文化失传，“布朗王子”苏国文先生晚上专门组织老人们学习念经。就在我们要离开的这个晚上，扎生医生还要去学习念经，第二天在布朗文化风情园有一个安放茶魂台的重大活动，老人们也都需要集体去念诵经文。为了不耽误他们的活动，我们和叶亩、扎生医生等匆匆告别，坐上景迈人家接我们的车子，返回芒埂。

回程，天色已经全黑，路过景迈大寨，我们看见牛儿们在路边闲逛，并无放牛人，心中非常奇怪，牛儿们怎么不回家呢？司机告诉我们，这些牛儿晚上就在路边歇息，不用回家。特别是由于公路边比较干燥，所以牛儿们晚上都到路边选择合适的地方躺下。景迈山的牛就是真正的放养，因此牛肉非常好吃！

走着走着，路边拥挤起来，原来是景迈大寨的鬼街开始了。卖烧烤的摆满了路边，本来就不宽敞的道路更拥挤了。我很想下车去尝尝自己最喜欢的傣味烧烤，只可惜不好意思耽误司机下班，看看就回吧。一切的遗憾，下次再来弥补吧！

“布朗王子”苏国文

10

苏老师很欣慰，完成了他父亲留下的3个遗愿中的第一个：让布朗族的后代都能上学，有文化、有技术，帮助布朗族人摆脱贫穷落后。苏老师说扫盲不在于识字，在于改变观念，包括怎么做人，怎么做事，怎么对待本民族文化遗产……

普洱古茶园是人类共同的财富。其中的景迈千年万亩古茶林是千年传承的绿色财富，它在新世纪命运又将如何？在调研中，我们欣喜地发现了全球重要农业文化遗产“云南普洱古茶园与茶文化系统”保护的新时代领军者——“布朗王子”苏国文老师。

2017年8月4日上午9点30分，我们到达了位于芒景村芒景上寨的“布朗王子”苏国文老师家——布朗文化园。他家坐落于一小山坡的坡顶，沿着景迈山主路行驶，途中经过景迈大寨、翁基寨子。快到芒景上寨时，往左拐上一条山坡路，开到山坡顶就看到两扇壮观的大门。门口右侧是一个木质雕塑（后来得知是茶魂标志）。进得大门，首先听到类似工地施工的声响。下车后发现大门内右侧正在施工。我们顺着左边石块路往里走，正好看到一位身材娇小的妇人拿着水瓢下石梯。她看见我们，迎上来问找谁。我们说明来意，她便领我们上石梯，同时朝屋内喊苏老师出来。原来这位娇小的妇人就是苏老师的妻子陈竹英老师。采访地点就定在苏老师家屋外的门廊上，这个门廊很长且比较宽，堆放了很多杂物，在最宽处摆放着一张方形书桌和一把靠背椅。陈老师把手里的活儿放下，设凳让我们坐下，又开始烧水泡茶。

苏老师坐在靠背椅上，审视的眼神望着我们。他身着深色单衣夹克，头戴深色鸭舌帽，皮肤黝黑却并不粗糙，身形瘦削而精神矍铄，坐姿和眼神都写着“气定神闲”4个字。现在是暑天，不过景迈山一点都不热，尤其在这个四面都是山和树的地方。要深入了解苏老师，必须从他的祖父说起。苏老师说其祖父名“先恩拥”，是布朗部落二号头人，由孟连宣抚司任命，育有五男二女，三子即苏国文之父苏里亚，因此苏国文老师也被称为“布朗王子”。先恩拥读书明理，注重保护和弘扬本民族文化，亲自举办芒景村建寨后的最隆重的赕佛活动，所请来宾之广之多前所未有。先恩拥还有极好的人才意识，积极引进傣文（布朗族有

“布朗王子”苏国文和夫人

本族语言，却无文字，一直借用老傣文）高级人才到芒景定居。这位头人也是一位有责任感有担当的管理者，亲自制定严格的村规民约；划定寨与寨、民与民之间的地界，明确神山、水源林、防风林、风景林分界线，严禁砍伐森林；不许富人欺负穷人，不许出现懒人和偷盗行为，引领村民勤劳致富。

我们又问及苏老师的父亲，即非常著名的且被毛泽东主席接见过的布朗族末代头人苏里亚。苏老师顺手在书桌上拿起一本书递给我们，说为了节省时间让我们自己看书，书里有我们想要了解的内容。这本书名为《芒景布朗族与茶》，苏国文著。翻开前面的插图，赫然看到苏里亚的黑白半身像。苏里亚面容俊朗，眼神沉着且坚定。再从目录提示翻到第三章苏氏家族族谱得知以下内容。苏里亚生于1919年，卒于1987年。乳名山文，9岁进佛寺晋升和尚时，俄丁轰大佛爷看其属相认为他很有前途，遂名之“苏里亚”，这是一个非常响亮的名字，巴利语“太阳”之意（巴利语是古印度语，隶属印欧语系，与梵语十分相近）。苏里亚从小受父亲先恩拥影响，勤学好问，跟父亲学习天文地理知识；同时也向高人学艺，积累了丰富的社会经验。9岁入寺学习傣文和佛经不足4年，就已精通傣文并能背诵很多佛经，深得大佛爷器重，本可晋升为二佛爷，但苏里亚志不在此。他更想做一个能推动布朗族经济向前发展的强人，所以在1935年果断还俗回家务农，不久就掌握了篾艺竹艺，进而积累了不少生产经验和生产技能。1943年，苏里亚之父年老病故，苏里亚被孟连宣抚司“召贺罕”正式委任为芒景布朗族二号头人。苏里亚之妻是一号头人之女。一号头人年老病故后，其长子阿里亚年龄尚小，又喜欢四处做生意，无力也无意接任头人之重担，苏里亚于是成为最后一代芒景布朗族部落头人。1949年澜沧解放，苏里亚选择跟中国共产党走，当年选为景迈村村长。1950年，苏里亚随首批西南少数民族参观团赴京参观学习，受到党和国家领导人的接见，随后又到上海、天津、南京、武汉、重庆、成都等大城市参观，开阔眼界。回芒景后，他着手改革一些不良习俗，积极推动布朗族社会进步。1951年，任思茅市糯福区区长，1953年起当选澜沧县第五届至第七届政协副主席、县人大常委、省人大代表。1987年12月病故。

苏国文先生为苏里亚次子，生于1943年，其良好家世可谓得天独厚。布朗族头人身份世袭，但并不一定非传长子不可，却一定要传给最勇敢、最智慧的那个人。“苏国文”这个名字是父亲取的，他还有一个活佛取的名字，叫“赛帕南勐”，意为彩虹。按照当地的宗教习俗，苏国文在启蒙年龄进了寺庙当和尚，在寺庙学会了傣文和计算。10岁那年，他执意还俗，并插班到小学三年级继续学习。20世纪60年代初，初中毕业年仅17岁的苏国文到竹塘乡战马坡村做了一名教师。后来他到昆明师范学校进修，又在云南广播电视大学主修教育行政管理专业，取得大学学历，终生从事教育事业。从教40年，有25年奋斗在乡村拉祜族地区教学第一线，编写教材，撰写论文，切实推动拉祜族地区教育教学工作。1989年调到澜沧县教育局，主抓全县双语（汉语和拉祜语）教学和农村成人扫盲工作。2004年退休回到故乡芒景上寨，专注于对本民族文化的抢救、挖掘与弘扬。

当时已经是苏老师退休后的第13个年头，坐在我们对面的是一位瘦削而精明的老人。最吸引我的是他的眼神——锐利、坚定而且深邃。这是怎样的经历才能养成啊？采访过程中，苏老师有问必答，思维敏捷，且总能把我们的提问导向正轨，真是教育界前辈。回答我们提问时，苏老师的视线有时在我们这里，有时飘向他家的大花园，有时又注目于正在抓紧整修的茶魂台和帕哎冷馆（2017年10月苏老师将主持一个招茶魂祭茶神的盛大活动）。苏老师的家就是他的工作场。除了要接受采访，还要兼顾帕哎冷馆的整修进度。从他家走廊上的农具和走廊外的园子来看，他仍要做农活。

采访中，陈竹英老师并未闲着，一会儿去舀水，一会儿来倒水，一会儿又给我们品尝自家种的波罗蜜。陈老师是苏老师的阿门（布朗语妻子），生于1948年，1968年成为竹塘乡娜落科村民办教师。也许只能归于缘分吧，苏老师1970年也调来这个学校，人又帅气又诚实，陈老师芳心暗许；同时苏老师也留意到这个眼如点漆、声如黄莺的年轻女孩；二人遂结连理。陈老师音色很好，擅长唱歌，并把这一特长用于教学，把汉语拼音编成歌，还把写字也编成歌教学生唱。在参加重大教学活动时，陈老师教唱歌，苏老师负责排练，双剑合璧，取得了很好的教学效果，并推广于其他学校。陈老师于2001年退休，现在听她说话依然清脆悦耳。陈老师从教30多年，为当地教育事业做出了重大贡献，同时又是苏老师的贤内助，勤快明理，几十年如一日为照顾家庭、培育子女付出心血，是苏老师事业成功的坚实后盾。苏老师与陈老师育有三女一男，大女儿是澜沧县小学教师，二女儿在澜沧县人大教科文委员会工作，三女儿是澜沧县人民医院护士，儿子是澜沧县人民医院外科医生。真是一个纯粹的医卫文教之家。

上午10点30分，院内驶入一辆越野车，下来3人。领头的男性40多岁，身形魁梧，头戴宽檐遮阳帽。后面跟着两个瘦小的女生。原来是澜沧县文化馆李老师带来的西南大学的两个研究生，而且这个李老师就是在澜沧县文化馆接待过我们的李馆长的堂哥。真是巧呢。两个女生是教育学专业的，她们要问的问题正好和我们的一部分问题重合，于是我们重新落座，一起采访，一起记录。重合问题当然就是苏老师在教育方面的一大贡献——主导并主实施的扫盲工作。

《增广贤文》有言：不求金玉重重贵，但愿子孙个个贤。要贤，肯定得从读书识字开始。而当时澜沧县读书识字的状况如何呢？据1989年的统计，澜沧一个县竟然有11万青壮年文盲，比孟连县总人口还多。用苏老师的话说就是请神仙来扫都扫不完。苏老师回忆自己上的那所小学，只办初小。若想上五年级，就要到很远的地方去读书。一开始，和他一起到远乡读书的同学有20多个，但因为路途远、困难多，同学们一个个都辍学了，最后只剩他。到了考初中时，50多人的班级，只有4人报考，而最后考上的只有苏国文一人。想来当时其他乡寨的情况也是如此甚至更糟。

苏老师又说起他最初工作的那所学校——竹塘乡战马坡村村小。这是一个有113户拉祜族村民的寨子，却从未有过办学历史。于是，他成了这个寨子第一所学校的第一位教师。苏老师是布朗族人，到拉祜族寨子任教，碰到的最头疼的事就是语言不通。全寨子近500人，只有一人能用汉语说些简单用语。面对50来个年龄参差不齐、不会说汉语的学生，苏国文犯难了。他尝试着用一个星期的时间，在黑板上写，用小木棍比画，反反复复教了学生一道算术题：1+1=2。可最后的测验结果却让他傻了眼，很多学生将答案写成1+1=111111。苏国文百思不得其解，认真分析后才悟出，当地很多拉祜人的思维还停留在刻木记事的水平。因他在授课时用了6根小木棍进行比画，学生们就得出了这样的答案。这次教学经历使苏老师意识到，语言上的无法交流导致教学进程极为缓慢，不懂这个民族的语言，不用双语教学是不行的。于是苏老师苦学拉祜语，边学边教，边教边学。一年后，苏国文就能说一口流利的拉祜语了。在授课过程中，他用拉祜语和汉语两种语言进行对比讲解。学生们听得懂了，记得牢了，终于不是等到六年级才会汉语了。苏老师边教学边学习，自己也当之无愧成为一位语言学家，能懂5种少数民族语言和3种少数民族文字。

苏老师又发现，学生流失现象严重与家长的蒙昧密切相关。家长没有接受过教育，所以对孩子的学习不关心，也没有能力管教孩子。苏老师意识到，要教好这些孩子得先教好孩子的父母，于是他克服重重困难要求家长来学校接受扫盲。就这样，他白天给学生上课，晚上为家长扫盲。当地成人扫盲取得一定成效后，苏老师的视野更开阔、信念更坚定了，决定进行地区性的整体扫盲工作。1980年，苏国文被调到乡中心完小主抓扫盲工作。他把双语教学和学生家长双管齐下的做法在全乡57个校点全面推广。苏老师研究总结出一整套拉祜语、汉语双语教学经验，组织编写了《拉汉识字课本》《学前拉祜文教材》，撰写论文《澜沧县双语教学探讨》《谈如何提高拉祜儿童语文学习能力》等，对推动拉祜族地区的教育教学工作起到了积极作用。1986年被评为省级优秀教师。

1989年，苏老师被调到澜沧县教育局工作，主抓全县双语教学和农村成人扫盲工作。苏老师通过分析发现，文盲人口中，拉祜族人占到80%。苏老师随即将拉祜族的扫盲工作作为突破口。第一步，用拉祜文扫盲；第二步用拉祜文和汉文对照扫盲。苏老师提出“先民文后汉文”的措施，采用“扫盲与实用技术相结合”“扫盲与计划生育相结合”“扫盲与开展农村文体活动相结合”“扫盲与普及教育相结合”“扫盲与宣传党的中心工作相结合”“扫盲与普及法律相结合”的方法，这是卓有成效的。2004年，澜沧县文盲率从1990年的76%降到4.9%，识字率提升到89%。从1990年到2004年退休之前，苏老师多次受到省、市、县、乡表彰，1992年被评为全国民族教育先进个人，1995年被评为全国扫盲先进工作者。更重要的是，一年又一年艰难推进的扫盲工作惠及广大老百姓。有村干部和苏老师开玩笑说：“你把老百姓都教‘坏’了。”原来，过去那里的许多老百姓，没有文化，也不太会做生意。如果3个水果卖1角钱，有人要用1块钱买30个，那里的人是不会卖的，因为算不清楚。脱盲后的老百姓可不同了，买卖东西时会看斤两，还会与人讨价还价。今天的芒景村寨和周边村寨走出了好些大学生，就在我们采访时还分享了一个叫叶亩的布朗族女孩的欢喜，我妹妹（云南农大老师）刚刚为她查询到她已被云南农大录取。

苏老师很欣慰，完成了他父亲留下的3个遗愿中的第一个：让布朗族的后代都能上学，有文化、有技术，帮助布朗族人摆脱贫穷落后。

苏老师说扫盲不在于识字，在于改变观念，包括怎么做人，怎么做事，怎么对待本民族文化遗产。苏老师做到了，而且并未止步。苏老师今年75岁了，他说扫盲进入功能性阶段了。之前的族人已经学会写自己的名字，改变了观念，不想再有文盲后代。而今天的高中生、大学生寒暑假回家，带来外面的信息也是在扫盲。年轻人接受新思想很快，受各种冲击最厉害，如何让年轻人传承本民族文化，如何让年轻人不受短期经济效益蛊惑靠茶吃茶不思进取，如何让年轻人带着本民族文化走得更远，是苏老师正在思考的问题。

时间过得真快，快到中午了，李老师提醒我们让苏老师休息一下，于是我们暂且告辞，约定下午2点再见。离开前，我们去寻卫生间。在陈老师的提示下，我们沿着院内横穿花园的石径往对面走。院子里有好几棵大树，两个大花台，还有一个鱼水池，再往左拐，突然一阵异香袭来，路边有一丛很茂密很大的灌木，盛开着黄花，花色艳丽，每朵花有四五瓣，花瓣细长而较疏，花蕊也很娇艳，最特别的是它散发出来的香味儿，带着甜味儿的浓香。我妹妹赶紧拍照并用识别软件一查，发现这种植物叫姜花，当地人叫黄花，真是名副其实啊。我们往下走，发现紧挨着这大丛黄花的靠苏老师家这一面的山坡上全都是古茶树呢。后来苏老师告诉我们，这种植物花期很长，而且正因为有这些黄花常年熏染，他家的茶叶也有一丝特别的蜜香味。

中午12点20分，李老师邀请我们加入他们一起吃午餐。真是四海之内皆是兄弟姐妹啊，无须血缘，无须利用，无须刻意。李老师看起来很了解此地，很快带我们在路边一家布朗特色的餐馆坐下来。坐定后才发现这个餐馆是悬空的，木结构，通过木板的缝隙看得到悬空处，完全是山势使然，使我心惊胆战。我站起来小心翼翼走到窗户边，木板虽发出响声倒也结实，加上窗外的自然美景，很快就不担心了。饭食很简单却

景迈山芒景布朗文化园内的姜花

很可口。吃完饭，距离约定的时间还有1个小时，李老师看我们对景迈山这么有兴趣，于是载我们去附近一个寨子看新修的茶祖庙。茶祖庙坐落在一个高台上，庙前是一个很宽的广场（于崇山峻岭中建如此平坦宽阔的广场，真是不易了），两边对称分布一些牌杆，上面有汉文、傣文的说明，大致是茶祖传说以及重建意义的说明。走上高台，就可进入主殿了。可是很不巧，因为整修没结束，所以不开放。幸好还能从大门向内观察，主殿中央应该就是茶祖像，也就是布朗族先民的首领帕哎冷。店内柱子浑圆高大，殿顶有各色旗幡飘动，整个大殿显得庄严肃穆又浓墨重彩。我们又在周围绕了一下，再回正殿前面往对面看，视线极好，俯视是建筑风格比较整齐一致的寨子，平视为郁郁青青的连绵山岭，仰视只见白云在无际的天空中随意飘荡。茶祖被供奉于此，必定护佑景迈山人世世代代永享幸福吧。

下午2点整，我们回到苏老师家，继续采访。请苏老师介绍布朗族的历史。苏老师说，布朗族是中国西南部最古老的民族之一，传说约在东汉时期，布朗人来到芒景定居下来。布朗族人自立自强、勤劳智慧、热爱大自然，留下很多动人的传说和遗迹：帕哎冷和七公主，八角塔（元朝时建，距今800多年，收藏经书、珍贵文物），蜂神树（一棵挂有30多个蜂窝的古老榕树，蜂子每年2月飞回，象征该采春茶了；5月飞走，说明栽秧季到了），茶魂树，帕哎冷龙洞，帕哎冷放牛场，帕哎冷旧居，呼唤茶魂台，公主坟……布朗族在芒景的历史有1800多年，而这个民族没有自己的文字，很容易成为一片无根的不知何时而起何时而消亡的浮萍，湮没在漫漫历史长河之中。苏老师牢记父亲的第二个遗愿，在父亲撰写的回忆录的基础上，继续收集资料，通过无数次的社会调查、走访、座谈，查阅有关专家关于布朗族历史文化的文章，写成了《芒景布朗族与茶》一书。这本书不仅讲述了芒景布朗族的发展史，更揭示了芒景布朗族与茶悠久的历史渊源。作为一部布朗族发展简史，苏老师在此书中详细阐述了布朗族的族称、族源、迁徙历史、刀耕火种的历史、生产工具的使用、生活用品举例、村寨头人事迹、与傣族的关系、布朗语的发展、婚葬习俗、重要年节的民俗活动。可以说，要了解布朗族，看看这本书就可知其大概和精要。而茶业是布朗族人的祖业，茶业又关系到布朗族人现在和未来的发展，苏老师自然把重心放在了布朗族与茶文化、茶历史的关系上。苏老师在书中阐明了布朗族发现茶、栽培茶、尊帕哎冷为茶祖的过程，追述了古茶园的形成和发展过程，提出了适应现代发展的栽培法和管理法，甚至包括过去秘而不宣的茶道。他所列举的各类茶的布朗族名称也是首创，并用国际音标进行了准确标记。茶与布朗人的政治生活、经济生活、日常生活密不可分，苏老师的眼光见解可谓深度和广度皆备。笔者前面提到的种种传说及遗迹均来自苏老师的这本书，整本书史料翔实，措辞严谨，图文并茂，知识性、趣味性兼具。相信布朗族后人不仅可以在这本书里寻到自己的根，还能切实感受到作者为本民族文化的传承所尽的一份力量。

下午3点，采访再次被打断，院内又驶进两辆汽车，进来的是北京的一个纪录片摄制组。打头的是一个30多岁的女性，短发，深色T恤搭配牛仔裤，很干练。听她约苏老师晚上7点来拍摄苏老师诵经的场景，并请苏老师到时候穿上本民族服装。她的同事则从车上卸下道具和拍摄器材。这个摄制组的导演暂时没出现，听说是一个有名的导演。看来晚上有一个盛大的活动，可惜我们无法留至晚上。我趁机问苏老师诵经的事，苏老师说诵经是为了怀远追远。经文是老傣文，现在的年轻人很多不认识了，所以苏老师定期召集村里的青壮年来学习诵经，语言和文字必须活在每一代人的血液里。诵经也关系到敬老尊老以及重大节日，也是凝聚本族人的最好途径。

摄制组放好道具离开后，我们继续听苏老师解读布朗族与普洱茶的关系。苏老师挖掘、保护、传承布朗族文化的事功除了体现于他的心血之作《芒景布朗族与茶》这本书上，更体现在他带领村民开发茶业和以茶业为载体的旅游业上。

虽然在清朝云南普洱茶曾经辉煌一时，但是在1949年后的很长时期，云南的茶叶生产主要重视生产红茶、绿茶，并未继承发扬普洱茶生产的优良传统，甚至大面积砍伐毁坏几百年的古茶园而种植无性繁殖高产的台地茶。20世纪80年代，景迈山古茶园归集体所有，但是古茶林的保护仍然没有得到高度重视。

苏老师说，大背景就是这样。其实就在21世纪初，云南普洱茶突然迅速走红，台港商人嗅觉最敏锐，已经在为炒作普洱茶价格做准备了。外国人也来了。2005年前后，普洱茶达到第二个鼎盛期。但是2003年以前的芒景上寨很封闭，老百姓很穷，还没有认识到古茶树的价值，只会卖粮食，甚至砍伐古茶园种粮食。在此时，苏老师要退休回芒景了。苏老师开始给村民传授布朗族发现茶的历史，宣传茶的经济价值、历史价值和文化价值，讲授做茶的心态，要用传统文化来做茶才真实。茶园管理顺遂自然，不要拔草，尤其不能连根拔除，保留水分，让根系流通，景迈山连片茶林最大，生物多样性很丰富，养分吸取就很不一样。古茶园远看是森林，近看是茶园。阳光晒，天雨淋，再摄取花草香，这样养出来的茶与千花万草共生，岂能不好？苏老师用了3年时间带领村民改造古茶园，然后就赶上2007年普洱茶暴跌前的暴涨态势。村民们好像一夜之间就小康了。绚烂之后必然平淡，苏老师说，2007年后茶业走向低迷，他开始思考如何改变经济利益短期效益带来的短视。外来文化冲击太厉害，老百姓大多只能顾及眼前，事实证明保留传统文化才是能稳稳立足并有长远发展的唯一途径。

于是，苏老师决定重建帕哎冷寺（这也是苏老师父亲的第三个遗愿）、茶魂石标、茶魂台。选址就在苏老师家外的山坡上，当地政府非常支持，群众也积极出力，推平山坡，建成寺庙（就是现在的帕哎冷馆）、茶魂台、讲经室。我们站起来去看正在翻修的帕哎冷馆等，同时也让苏老师休息一下。帕哎冷馆就在进大门左侧，外墙有装饰画，主像就是帕哎冷，颜色鲜艳，造型大气又精致。因为在闭馆翻修，无法看到里面的构造。茶魂石标则暂时立在正对大门处，石标材料为大理石，造型为石柱上镶嵌两片茶叶，有将近2米高，比起大门外看到的木质茶魂标更结实耐久。大门右侧还有一个舞台，工人正在忙着翻修。舞台右侧就是讲经室，差不多有一个教室那么大，外墙也有装饰画，土黄色做底色，画有身着民族服装的男女，快乐劳作样。帕哎冷馆的建成说明布朗族是有根有源、有信仰、有文化的民族，苏老师当之无愧成为芒景布朗族现在的精神领袖。现在我们看到的崭新的帕哎冷馆、茶魂石标、茶魂台都已经是再次翻修的。帕哎冷寺（帕哎冷馆）也成为民族文化传承中心。这里举办过最盛大、最隆重的第1699届山康茶祖节。

这里也是布朗族聚居区宗教传统节日“开门节”“关门节”相关活动的举行地。这样的节日既是布朗族传统文化本身，同时也是保护和传承布朗族文化及传统的最好方式。苏老师在这样的节日里是绝对主角，不仅亲自讲解节日的历史渊源，还组织年轻人学经诵经。苏老师说诵经的目的有两个：追远和完成自我教育。当天晚上就有苏老师带领村民诵经的活动，北京那个摄制组正是为此而来。

苏老师主持完善的这些传统节日仪式，既是对本民族传统文化的保护、传承和弘扬，也是对21世纪信息时代中喧嚣浮躁功利倾向的反思，意义深远。

鲁迅先生在《华盖集》之《忽然想到》中说：“一要生存，二要温饱，三要发展。”当地的旅游业已开始初具规模，苏老师也在积极思考普洱茶价格暴跌低迷后村民的出路。整个景迈山的几个寨子现在都兼具旅游和茶叶交易并行的功能。就以苏老师所在的芒景上寨为例，全寨较为大型的接待游客的度假地就有3个，都是自然环境绝佳、软件设施好而全、设计风格体现布朗族特色的。寨子里还有很多各具特色的民宿客栈。村路也配合外部环境铺设为古朴又好走的石路，路边既有随意生长的野草野花，也有千百年来就守护着布朗人的古树。村民有加入制茶合作社的，有单门独户做茶生意的，有开特色餐馆的，有提供体验民族风情项目的，都忙碌着，充实而自足。而且经济发展并未影响村民们与生俱来的质朴、热情、平和。当时我们在芒景上寨村口等同伴，村口有

景迈山芒景布朗文化园里的帕哎冷馆

一户人家，颇有规模的两层楼房，下面一层有3间紧闭的大卷帘门，应该是仓库之类，第二层至少有5个房间。我们正说着话，从楼房后走出一位布朗族妇女，手上拿着3包煮熟的苞谷，请我们吃。我们很诧异，她应该是这家的女主人，不仅没嫌我们在她家门口碍事，还请我们吃苞谷。这样淳朴的民风可能只存在于古史中啊！今天我们竟然亲历了！

下午4点整，采访快结束了。苏老师说他提出的4个保护（保护古茶园、保护传统民居、保护生态、保护民族文化）并未完全实现，尤其是年轻人不怎么留得住，任重道远。就在我们谢过苏老师准备离开时，发现了苏老师家走廊墙壁上挂的6个玻璃镜框和1个金属牌匾。第一个镜框内是联合国教科文组织驻华代表处、中华人民共和国联合国教科文组织全国委员会秘书处、中国成人教育协会联合颁发授予苏老师的“为农村社区学习中心建设，促进终身教育和终身学习发展做出了重要贡献”的表彰证书。紧挨着的也是联合国教科文组织驻华代表处、中华人民共和国联合国教科文组织全国委员会秘书处、中国成人教育协会联合授予的“联合国教科文组织农村社区学习中心（CLC）项目试验点惠民乡芒景社区学习中心2016.12—2020.12”的金属牌匾。第二个镜框内书写着布朗族认识茶、应用茶的五阶段（药用、蔬菜用、贡品用、以物换物、商品经济）的说明，落款为“古茶文化守护者”。第三个镜框题目是“何为古茶园”，内容是“远看是茫茫的原始森林，近看是一片一望无际的茶园，仰头看不见天，低头看地上是一片绿色地毯，这就是人间神奇的千年古茶园”，落款也是“古茶文化守护者”。第四个镜框是布朗族茶理念，用隶体工整书写着“布朗族茶理念与其他民族有所不同，其他民族最高的理念就是把茶视为健康饮料，而布朗族不仅把茶视为健康饮料，而且把茶视为和谐的礼品，更是把茶视为生命的一部分来继承和发展”，落款还是“古茶文化守护者”。第五个镜框内书写的是芒景古茶品质“茶与万木丛林共存，茶与千紫万花共载，千年树根百年树茎，吸收万木丛林之精华，吸收千紫万花之香气，滋润着最干净的阳光和雨露，从不施放任何肥料，从不喷洒任何农药，完全靠天然肥力供给，完全靠自然防疫防治病虫害，这就是天下稀有的古茶。千生态，万生态，哪有她生态；千有机，万有机，她就是天然的有机茶”，落款同前。第六个镜框是帕哎冷遗训：“我要给你们留下牛马怕遭自然灾害而死光，我要给你们留下金银财宝你们也会吃完用完，就给你们留下肥沃的茶园和茶树吧，你们要像爱护自己的眼睛一样爱护茶树，一代传给一代，绝不能让它遗失。”

我在这些镜框前默默伫立，默默念祷，默默向布朗族最后的“王子”苏国文老师致敬！

“云南普洱古茶园与茶文化系统”的考察之旅到此也基本结束。经过4次长时间、多地点的调研，为亲爱的读者们基本呈现了全球重要农业文化遗产“云南普洱古茶园与茶文化系统”的大体情况。此外，还有困鹿山野生古茶树群落所在地未能前去，由于时间关系，只能是本书小小的遗憾了。

思茅区竹林村老安寨古茶园的古茶树

后　记

《普洱寻茶》书稿终于完成了，从第一次实地调研到写作、修改和校对完成，前后断断续续用了4年的时间。在此首先要感谢苑利教授的特别推荐，才有了和北京出版集团的愉快合作。也非常感谢北京出版集团编辑的修改意见，本书的写作质量得到了不断提升。

能够在人生地不熟的情况下走进景迈山，必须要感谢我20多年前的学生杨学宏。在他的引荐下，当地的文化部门工作人员全方位给我们展现了“云南普洱古茶园与茶文化系统”核心区景迈山的迷人风采。本书能够得以较快完成写作还得益于亲爱的二姐曹力的鼎力合作，她写作了本书中关于茶马驿站（前两个问题）、景迈山古茶林和“布朗王子”苏国文等3个部分的内容，在此表示衷心感谢！还要谢谢曾陪伴我们前去普洱古茶园调研的云南农业大学教师刘雯女士、复旦大学教师林曦副教授、龚学勇先生以及龚书榆小朋友。他们一路的陪伴让我们在人迹罕至的调研路上无所畏惧，勇往直前，寻找到了很多非常宝贵的第一手资料。

全球重要农业文化遗产“云南普洱古茶园与茶文化系统”中各地的茶农们也给予了我们最热情的支持和帮助，在此一并表示感谢！

最后还要感谢云南农业大学盛军校长主抓的“云南农业大学中青年社会科学基金”项目，正是因为申报了其中一项工具类农业文化遗产保护利用的研究项目，在研究过程中，我第一次走进了“云南普洱古茶园与茶文化系统”，迷上了生态极好的古茶园。在为普洱茶古茶园迷醉的时候，也同时为古茶园的可持续发展心忧。在古茶园开发利用的过程中，一些不利于古茶园传承的现象在市场经济的大潮中不可避免地出现。同时，走进古茶园过程中的深入思考成为申报并成功入围2018年云南省院省校合作项目“云南普洱茶古茶园保护利用研究”的源泉。

爱我云南古茶园，弘扬中华茶文化，我们将会一直在路上！

曹茂